D1717794

L'Âge d'or

Ferenc Karinthy

L'Âge d'or

ROMAN TRADUIT DU HONGROIS
PAR JUDITH ET PIERRE KARINTHY

DENOËL
& D'AILLEURS

Titre original :
Aranyido
Inédit en langue originale
Première édition française : 1997, éditions Mille et Une Nuits

La place Apponyi, au centre-ville, était envahie d'imposantes pyramides de béton ; le temps était froid et sec, sous un ciel couvert. On entendait au loin le grondement de batteries d'artillerie lourde, et pourtant quelques magasins dans la rue Sándor-Petöfi se tenaient toujours ouverts, et au milieu d'acheteurs de Noël retardataires, quatre STO en haillons, à brassard jaune, étaient accompagnés quelque part par un soldat armé d'un fusil. Au coin de la rue, Joseph Beregi acheta un journal et sans s'arrêter il le parcourut. La manchette en caractères gras annonçait le communiqué de guerre, suivi d'une déclaration du général de corps d'armée De Heszlényi : « Nous recouvrerons sous peu nos frontières historiques. » Beregi lut tout ça en diagonale, puis tourna les pages jusqu'à la rubrique sportive.

Pour la rencontre Ujpest-Ferencvaros, alors que les vert-et-blanc étaient contraints de mettre sur les rangs un remplaçant à la place du grand Sarosi, l'équipe d'Ujpest allait jouer au complet, et même renforcée par Nagymarosi en permission, ce qui, d'après leur entraîneur, leur assurait une chance de victoire indubitable.

«Holà!» murmura Beregi, et il contourna l'église, puis tourna à gauche dans la rue Reáltanoda. Il ne rencontra personne dans la cage d'escalier, pourtant Nelly devait l'attendre derrière la porte de l'appartement, car au coup de sonnette elle ouvrit immédiatement.

«Mon grand chou!» Elle le tira jusqu'à l'antichambre. «Quand je pense! Te voilà enfin! J'ai tant tremblé pour toi. Montre-toi un peu!… Tu as maigri, tu sais! C'est comme ça que cette ordure de Caroline s'est occupée de toi? Je t'avais pourtant prévenu: qu'est-ce que tu pouvais bien espérer chez cette propre-à-rien? Il n'y a rien à tirer d'une telle créature, mon petit, elle n'a toujours été qu'une miteuse, elle le restera; ça m'étonne que tu aies pu la supporter si longtemps… Pourquoi tu n'as pas de chapeau? Tu vas attraper froid. Alors, raconte, qu'est-ce que tu deviens? Quand as-tu reçu mon message? Personne ne t'a vu dans la maison? Ah, que je suis contente de t'avoir, viens ici, tu ne m'as même pas fait un bisou… Ah oui: tu as bien des papiers d'une façon ou d'une autre?

— Peu de choses, en fait, dit Beregi, en retirant son manteau, puis sa cravate.

— Moi, je vais te cacher, mon petit cœur, le bon Dieu lui-même ne te retrouvera pas ; fallait vraiment qu'il te crée dans cette confession maudite… Laisse-moi te regarder : pour être grand, tu es pas mal grand, et puis qu'est-ce que tu es noir ! » Elle enfonça ses doigts dans l'épaisse chevelure noire de l'homme. « Avant tout, tu te fais pousser des moustaches, de longues moustaches qui pendouillent. Personnellement, je déteste ça, mais ta physionomie sera complètement transformée, tu auras l'air d'un bouseux. Nous n'aurons qu'à dire que tu es un réfugié de Transylvanie, un régisseur ou un instituteur ou un boucher ou quelque chose comme ça… De toute façon, tu feras exactement ce que je te dirai de faire, fini la vadrouille et le vagabondage, remets-t'en complètement à moi, en toute confiance, et tout ira bien, nous vivrons ici comme deux tourtereaux. C'est chez moi ici, personne n'a le droit d'y entrer, nous saurons quand même comment passer le temps, et ça ne regardera personne, j'ai raison, hein ?… Ah, mon bout de chou, mon petit Joseph, si tu savais comme j'ai pensé à toi !

— Qu'est-ce qu'il y a pour dîner ? » demanda Beregi.

Le soir, Nelly alluma l'arbre de Noël. Sous le sapin pas grand, mais bien garni et agréablement décoré, attendait une paire de socquettes en coton épais enveloppée de Cellophane. Beregi avait apporté un dessert en pâte d'amande ; sur sa boîte était piqué un minuscule saint Nicolas rouge plutôt anachronique. La musique de fête leur fut servie par la radio, Nelly se mit même à fredonner doucement *Ange du ciel* ; il sortit de sa poche un paquet de Troupe et, les lèvres arrondies, fit sortir des volutes de fumée.

Il y avait au menu une carpe à la serbe richement arrosée de crème fraîche, piquée de lardons et très relevée, cuite au four accompagnée de pommes de terre ; après cela, des roulés aux noix et au pavot et des poires au sirop.

« Je les ai fait bouillir dans de l'eau citronnée, selon ma recette personnelle... dit Nelly, en se fourrant un gros morceau dans la bouche. J'ai fait mon inventaire ce matin, j'ai des abricots, des prunes, des griottes, du melon : cinquante-sept bocaux... De la farine : six kilos, du sucre : trois, deux kilos de graisse d'oie, de grands saucissons fermiers, une demi-poitrine fumée, six conserves de pâté de foie, des œufs : seulement quatre, mais j'ai de l'œuf en poudre... Alors, nous ne mourrons pas de faim.

— Viande ? demanda-t-il.

— Ce fumier de Schiffler, le boucher, m'avait promis pour Noël trois livres de côtelettes, mais bien sûr il m'a roulée, il n'était même pas là au magasin, seulement son employé. À ce qu'on dit, il va porter sa viande aux Juifs, dans le ghetto ; au noir.

— Ah bon. » L'homme marmonna quelque chose ; il observait le cou de Nelly dans le décolleté de la robe : comme il était blanc et bien en chair, avec un duvet clair ; et s'il mordait dedans, pendant combien de temps les traces foncées de ses dents resteraient-elles visibles ? Probablement plusieurs jours : la peau de ce type de femmes potelées, blondes, est toujours plus sensible.

« Qu'est-ce que tu regardes comme ça, mon petit fou ? s'esclaffa Nelly. Attends au moins que je débarrasse. »

Vers les neuf heures retentit un épouvantable vacarme ; les impacts des projectiles devaient être tout proches ; ils faisaient résonner les carreaux derrière les volets tirés. Depuis le couloir ils entendaient le tapage des locataires qui se dirigeaient vers l'abri. Ils écoutaient ces bruits sans bouger, quelqu'un prétendait que les Russes avaient encerclé la ville. Quant à eux, après quelque hésitation ils décidèrent de rester en haut : la maison était entourée d'immeubles élevés, et l'appartement se trouvait au premier étage. Nelly éteignit la lumière, ils se couchèrent dans le noir. Beregi mit son pyjama ; il avait apporté un peu de linge dans une petite mallette, une paire de chaussons, et de quoi se raser. Ils écoutèrent les canonnades, le vrombissement des bombardiers.

« Tu sais, à cette heure je vais d'habitude à la messe

de minuit, chuchota Nelly. C'est tellement beau la nuit à l'église, place de l'Université : l'odeur des sapins, l'odeur de la neige, l'odeur de l'hiver, le flamboiement des cierges, tout le monde chante, je te jure, je n'arrête pas de chialer... »

Le bruit d'une discussion leur parvint depuis la cour : Gyulavari, le concierge, grommelait qu'on devait fermer la porte de la cave.

« Comment est ce type ? demanda Beregi.

— Un assez sale type ! Il encaisse une montagne de pourboires, ce qui ne l'empêche pas d'agonir la maison d'injures et de râler chaque fois qu'il doit aller ouvrir la porte. Pourtant, chez moi, il ne monte ni des ivrognes ni des voyous, c'est pas le genre de visiteurs qui ont l'habitude de me fréquenter ; alors je préfère ne pas manger... Il y en a qui s'imaginent qu'il n'y a pas de maison plus distinguée dans tout Budapest. Tiens, par exemple, Mme Ferenczy ! qui feint d'être navrée d'avoir à habiter le même immeuble que certaines personnes. Comme ça : certaines personnes, sous prétexte qu'elle a une grande fille dont elle est responsable... La vieille garce, tu devrais voir cette mine d'hypocrite qu'elle affiche chaque fois qu'elle me croise dans la cage d'escalier.

— Pourquoi, quel âge elle a ?

— C'est pas que c'est une épave, on ne peut pas dire ; plutôt cette mascarade de dévotion... Et puis tous ses boniments à propos de son rejeton chéri : ma petite Adrienne par-ci, ma petite Adrienne par-là, mon enfant, ma beauté… Elle n'arrête pas une minute d'attifer et de pomponner cette petite guenon…

— Il s'agit d'une petite jeune fille ? demanda-t-il.

— Oh, la sainte-nitouche ! Devant sa mère elle baisse les yeux comme qui ne sait pas compter jusqu'à trois. Mais quand tu la vois faire la coquette avec les garçons dans le square Károlyi, elle n'hésite pas à provoquer même les officiers de carrière : ça promet une belle garce que ça va devenir !…

— Une blonde ?

— Une fausse, à mon avis. Autrement, elle est assez mignonne, avec ses yeux fripons, son petit nez retroussé, et puis sa façon de dandiner ses fesses rondes…

— Tu penses vraiment qu'elle a déjà fait quelque chose avec les officiers ?

— Non, mais dis donc, tu parais bien intéressé ! Nelly leva la tête de l'oreiller. Joseph, je te conseille de te comporter convenablement, même si par malheur nous sommes un jour obligés de descendre à l'abri avec les autres. Ne tournicote pas autour des femmes, ne les reluque pas avec tes yeux écarquillés ; dans cette maison il y a déjà eu deux rafles, il ne manquerait plus que ça que tu sèmes la pagaille… Il ne faut pas oublier qu'il y a une salope de pute, une croix-fléchée, Mikucz qu'elle s'appelle, elle niche dans le voisinage, pour sûr

13

qu'elle nous a déjà repérés, elle fourre tout le temps son nez par ici, eh bien, si elle a flairé quelque chose, nous sommes cuits tous les deux, c'est moi qui te le dis.

— Madame Mikucz?

— Un vrai déguisement : les bottes, le ceinturon, le brassard, le pistolet, sans tout cela elle ne sortirait pas même jusqu'au couloir. Mais sous ses bottes elle porte des bas de soie, la chérie, je te le jure, et des jupons et des culottes en dentelle noire, elle pue le parfum français, elle a dû dévaliser Molnar et Moser... »

À très peu d'intervalle deux obus explosèrent dans un des immeubles voisins ; les murs se mirent à vibrer, on entendit dégringoler décombres et gravats. Nelly, tremblotante, enfonça ses dix doigts dans la chair de son ami et se blottit tout contre lui.

« Tu n'as pas peur ? chuchota-t-elle.

— Non.

— Toute seule, je serais déjà morte de peur. Serre-moi contre toi. »

Les quelques jours suivants, un calme relatif régna. Beregi ne quitta pas l'appartement, il se fit pousser la moustache, il coupa du petit bois, il aida au ménage, il restait assis dans la cuisine pendant que Nelly s'y activait, il aidait à essuyer la vaisselle. Plus tard lorsque, après le gaz, l'électricité aussi fut coupée, il fabriqua d'astucieuses petites veilleuses avec de la cire à parquet. Ils s'offrirent régulièrement des siestes après le déjeuner. Mais même comme cela les journées paraissaient interminables, et la bibliothèque de Nelly était passablement démunie. Beregi parcourut *L'Inde sous les flots*, le livre de cuisine de Mme Nandor Stiasnyi, ainsi que deux années de la *Revue des Hongroises distinguées*, reliées en deux tomes. Ils se racontaient souvent des histoires, quant à lui, il évoquait volontiers le souvenir de matchs mémorables.

«Alors, tu vois, Kohut descend sur l'aile gauche, il passe à Toldi, puis Toldi renvoie en arrière à Lazar. Là, figure-toi, Lazar, qu'ils sont trois à marquer en même temps, soulève simplement la balle du pied pardessus la tête des autres, il est déjà dans les seize mètres. Là il se fait marquer par Biro, Lazar dribble, puis, comme si de rien n'était, il tire à la volée dans le coin inférieur droit des buts, sans même y regarder; et pendant ce temps-là, Toine Szabo, le goal, se tient là bouche bée...»

Beregi avait été un temps sous-intendant auprès de l'équipe, et lorsqu'il avait dû être congédié, il avait continué à fréquenter avec la même assiduité les gradins B-centre. Il travaillait comme courtier placier pour diverses maisons; il s'était associé par la suite à une affaire de vins, mais celle-ci n'avait pas eu la vie longue, et de toute façon, lui aussi avait été mobilisé. Mais dès l'été il avait déserté.

Un jour, dans l'après-midi, on tambourina à la

porte d'entrée. Nelly posa son index sur la bouche, referma sa robe de chambre et alla ouvrir. On entendit des chuchotements, les bruits étouffés d'une dispute, puis quelques minutes plus tard elle revint, rouge de colère.

« Quel porc, celui-là ! C'est insensé ! Il n'a pas d'autres soucis !

— Qui ?

— Galambos.

— C'est qui, celui-là ?

— Il est conseiller technique dans une boîte. Tu te rends compte ? Il est monté exprès, à pied, de Sashalom.

— Et qu'est-ce qu'il voulait ?

— À ton avis ?!... Il est pourtant marié, mais il ne pense qu'à ça. Je lui ai dit, tu penses, que c'était une honte, et qu'il me fiche la paix, et que j'ai d'autres chats à fouetter. Écoute-moi ça : il avait apporté deux boîtes de viande...

— Du ragoût ?

— Tu penses bien que je ne l'ai pas demandé. Qu'il les apporte à ses gosses.

— Il est parti ?

— Je l'ai jeté dehors. »

Beregi sembla méditer un moment. « Tu ne l'as pas fâché au moins ?

— Qu'est-ce que tu veux que ça me fasse ? Tu ne

penses tout de même pas que je vais compter éternellement sur des mecs de son espèce?

— Tu comptes faire quoi alors?

— Je veux ouvrir un commerce. Je ferai du tricot.
Ou des plats à emporter, tu pourrais y travailler aussi.

— Qu'est-ce que j'y ferais, moi?

— T'y feras la comptabilité, la causette aux clients,
t'iras chercher la marchandise au marché…

— Bien sûr… Faudra que je me lève très tôt?

— Oh, mon grand paresseux!» Nelly rit et
embrassa Beregi sur les joues.

«J'ai mieux à te proposer, répondit-il. Une sorte de
buffet chaud, une petite cuisine, des tables en bois, et
toute la journée on y trouverait des plats de viande
chauds. De la tête de veau au raifort ou à la moutarde,
du jambonneau, du travers de porc, puis des saucisses,
des andouilles, ou encore de la palette et de la poitrine
fumée. Des boissons, rien que de la bière. Il y aurait
aussi des soupes à toute heure; de la soupe aigre aux
poumons, du consommé avec des boulettes au foie.
On ferait un malheur avec ça.

— Mon pauvre chéri, c'est à ce point que la viande
te manque? Viens que je te fasse frire des lardons…»
Néanmoins le stock d'aliments diminuait dangereusement: prisonniers à la maison, ils mangeaient
pour tuer le temps et supporter leur ennui. Beregi fit
tous les mots croisés qu'il avait pu dénicher, avant de

les gommer et de les recommencer. Comme autre activité, il fit l'inventaire précis des réserves : dans un tableau tracé sur une grande feuille de cahier, il nota en face de la date l'état des provisions de chaque denrée, en kilos ou en nombres. Nelly souffrait trop à le regarder faire ; le matin de la Saint-Sylvestre elle prit ses cabas, afin d'essayer de se ravitailler. En effet, selon des rumeurs qui couraient dans la maison, il y avait aux Halles une distribution de farine et de harengs salés.

Resté seul, Beregi fit d'abord les cent pas dans l'appartement ; il alluma une demi-Troupe ; il était presque à court de cigarettes. De derrière le rideau il regarda par la fenêtre, il ne vit rien dans le couloir. Un peu plus tard il se rasa et descendit dans la cour. Il ne rencontra toujours personne dans l'escalier, en revanche il vit devant la porte de la cave deux femmes en train de bavarder : il était question des exploits d'une certaine Mme Weidlinger. Beregi, les mains dans les poches, se planta dans un coin de la cour, à la manière d'un locataire venu prendre l'air. La discussion révéla que la jeune, plus grande, habillée d'un fuseau de ski et d'un pull-over, s'appelait Ildiko et devait être la fille du concierge. L'autre, d'un certain âge, qui portait des lunettes et un manteau en peau de phoque, lui racontait avec volubilité que Mme Weidlinger s'était fait faire un corset de princesse pour mille quatre cents pengoes. Beregi se demanda si cette dame grandiloquente était éventuellement Mme Ferenczy. Mais ayant lu dans le regard des deux femmes une curiosité croissante et ostensible à son égard, il préféra pousser la promenade jusqu'à la rue.

Devant l'école, une femme en uniforme de receveur des trams se tenait en face d'un homme de petite taille, chaussé de bottes lacées. Ils scrutaient le ciel : au loin, on entendit un vrombissement d'avions. Beregi se joignit à eux et leva aussi les yeux au ciel.

« Des chasseurs dit l'homme en bottes.

— Des Russes ? demanda la receveuse.

— La pilote est une femme.

— À mon sens c'est impossible, voyez-vous. »

Beregi entra dans la discussion :

« Et pourquoi pas ? Du moment qu'il y a des facteurs femmes, des chauffeurs femmes, des receveurs femmes, pourquoi n'y aurait-il pas des pilotes femmes aussi ? Imaginez qu'on lui tire dedans… »

Le petit homme poussa un rire imbécile. « Qu'on lui tire dedans une rafale par-derrière !

— Il y aura bientôt extension du système de rationnement en matière de femmes, poursuivit Beregi. Rendez-vous compte : chaque homme verra sa consommation réglementée, limitée. Et ces dames, elles seront classées : les belles et jeunes vaudront davantage en points que les vieilles et moches ou les boiteuses ;

19

en un mois, on pourra en consommer plus dans cette dernière catégorie. »

L'homme botté se mit à jouer le jeu : «Et les ouvrières, celles qui font un dur travail manuel?

— Allocation d'une ration majorée, tout comme pour celles des usines d'armement. Et à chaque utilisation, il faut obligatoirement poinçonner... le ticket, bien sûr. »

La petite receveuse aussi pouffa de rire là-dessus ; elle était joufflue, avec une fossette sur le menton, et une mèche de cheveux bouclés qui dépassait irréductiblement sous sa casquette d'uniforme. «Alors là, dites, vous en avez une imagination...

— Pourquoi? Moi, par exemple, je ne vous postulerais même pas, dit Beregi, taquin...

— Tiens donc !

— Vous êtes trop jolie, vous valez trop de points. Il ne m'en resterait pas pour les autres. »

Cela commençait à devenir plus intéressant, mais Nelly apparut tout à coup au bout de la rue Reáltanoda ; elle s'approcha dans son imperméable translucide, en brimbalant son filet à provisions. Lorsqu'elle aperçut Beregi, elle eut un haut-le-corps, puis traversa sur le trottoir d'en face, et elle les dépassa ostensiblement sans même tourner la tête dans leur direction. Beregi pressentit un orage ; il prit congé rapidement et la suivit.

Même à la maison Nelly resta muette ; elle rangea des affaires, elle claqua des portes. Elle n'avait pas trouvé de farine, seulement un petit morceau de pain jaunâtre, collant, en revanche elle avait pu dénicher quelque part une bouteille de vin.

Beregi tenta de briser la glace.

« Qu'est-ce qu'il y a ?

— Rien. »

Manifestement, elle avait failli exploser. Il se jeta dans le fauteuil, s'adossa, se balança. Il alluma la seconde moitié de sa cigarette, forma de belles volutes de fumée, bien régulières, et se gratta la nuque avec deux de ses doigts. Mais, comme il détestait les situations tendues, il tenta une nouvelle fois :

« D'accord, je suis allé faire quelques pas. C'est grave ?

— Grave ? Mais non, voyons, pourquoi ce serait grave !? Nelly éclata, en lançant son turban sur le lit. Qu'est-ce qui compte pour toi ? Les autres peuvent crever pour toi, faire la queue pendant des heures pour une miche de pain noir, pour te gaver. Monsieur Beregi pendant ce temps-là s'amuse avec des receveuses de tramway. Avec des receveuses ! Une, que la moitié des lycéens se sont déjà envoyée, par-dessus le marché.

— Mais non ! Je me promenais par là, et ils m'ont demandé ce que c'était comme avion.

— Pour faire voir ta gueule au plus de monde possible, jusqu'à ce que quelqu'un finisse par te dénoncer : les croix-fléchées n'hésiteront pas à nous accompagner tous les deux au Danube… Une fois de plus j'ai dû croiser Mme Mikucz devant le café Central : je lui payerais mille pengoes, elle ne me dirait pas bonjour, elle me jette des yeux comme si j'étais une sale Juive qu'on ne va pas tarder à zigouiller…

— Elle avait ses bottes ?» demanda-t-il.

Mais Nelly était incapable de tenir rancune à quelqu'un : le soir c'était le réveillon. Ils burent le vin à petites gorgées, et même s'ils avaient sommeil, ils restèrent veiller jusqu'à minuit, pour trinquer à la bonne année. Nelly parla de son enfance, de la ville de Gödöllö, de son parrain et de sa marraine, et du jour où l'épouse du gouverneur avait invité un groupe de petits écoliers chez elle, dans sa résidence secondaire, et elle leur avait fait servir au goûter un chocolat avec de la crème chantilly, une brioche, des pommes. Elle enchaîna sur les hommes différents, ses clients, leurs coutumes et leurs exigences…, leur inventivité.

«Par exemple, Szentkiralyi, un cheminot, il vient le deux de chaque mois, de Martonvasar. Avant d'aller au lit, celui-là a la manie de vouloir mettre à la femme son manteau, son chapeau, elle doit même tenir son sac à la main. Alors moi, je lui ai dit, pas question, il n'a qu'à aller ailleurs ; mais lui, chaque mois, il revient…

— En été aussi ?

— En été aussi... Mais dis-moi, Joseph, ça ne te fait rien, si je te parle des autres hommes?

— Ça devrait?

— Tu n'es pas du tout jaloux?»

Beregi resta un moment pensif. «C'est bizarre, je ne me suis jamais posé la question.

— Ma foi, moi, je ne le cache pas, je suis horriblement jalouse : tu regardes simplement une femme, je pourrais l'étrangler de sang-froid, lui écraser la tête sous le pied. C'est parce que je connais les femmes : elles veulent toutes ceux des autres; mais moi, je ne te donne à personne, tu es à moi, mon vieux, un point c'est tout... Viens déjà ici, tu ne m'as même pas encore embrassée cette année.»

Longtemps ils ne purent s'endormir. Plus tard Nelly quitta le lit sans hésiter : elle prit la peine d'allumer du feu dans le fourneau, et de préparer quelques pommes de terre en robe des champs, en guise de complément au dîner; elle saisissait toutes les occasions pour chercher à faire plaisir à Beregi, de toutes les manières possibles.

C'est ce jour de l'an que le siège de la ville commença avec un vacarme à fendre ciel et terre. Les rafales mettaient les nerfs de Nelly particulièrement à l'épreuve, par leur manière de s'approcher de plus en plus, avec leur bruit qui s'intensifiait, jusqu'à donner l'impression d'exploser sur les tympans ; les tensions pétrifiantes du dernier coup de chaque rafale, suivies de soulagements momentanés jusqu'à la série suivante, rythmaient les transes d'une mort chronique. Une fois, ils crurent vraiment que la maison s'était écroulée sur eux : en réalité, c'était la chute du dernier étage de l'immeuble d'en face. Une chambre tranchée en deux, éventrée, s'offrait à leur vue comme une scène de théâtre ; on y voyait une partition oubliée sur un piano ouvert.

Dans l'après-midi même, l'eau tarit aux robinets. Nelly fondit en larmes, puis elle se mit à boucler ses bagages dare-dare, affirmant qu'elle ne resterait plus une seule minute dans les étages. Chargés de filets, de baluchons, ils descendirent les escaliers ; Beregi emporta aussi sa mallette.

Cet immeuble ancien au centre-ville disposait de tout un labyrinthe de caves étendues, compliquées, dont une partie seulement, délimitée par des portails en fer, formait officiellement l'abri ; mais là toute la place était déjà occupée. L'apparition des nouveaux venus suscita manifestement un certain malaise ; en outre, Nelly ne jouissait pas d'une grande popularité parmi les locataires. Elle s'adressa donc à Gyulavari, le concierge, auquel avaient été conférées des fonctions de commandement, afin qu'il trouvât l'emplacement nécessaire pour elle et pour son beau-frère, un réfugié transylvanien. Après quelques «hem» et quelques «hum», ce dernier leur proposa non sans tact d'occuper une des caves à bois vides, où ils seraient tout aussi protégés que dans l'abri, et d'utiliser naturellement le fourneau collectif pour faire leur cuisine. Nelly trouva cette solution plutôt agréable; après qu'elle eut donc déblayé et bien récuré leur cage, le jour même ils y descendirent avec Beregi un lit métallique pliant. Ils finirent par s'installer dans ce réduit avec un relatif confort; il planta un clou pour suspendre la lampe à pétrole, elle isola les murs à claire-voie avec des couvertures. Ils placèrent leurs réserves de vivres amaigries sous le lit, dans deux valises.

Nelly affirma qu'elle se réjouissait de leur autonomie, qu'elle se fichait éperdument des autres. Toutefois la porte de l'abri resta ouverte durant la journée; elle fut obligée de s'y rendre pour préparer ses plats; l'unique prise d'eau se trouvait d'ailleurs également dans cet abri collectif. Ainsi petit à petit Beregi fit la connaissance de tous les habitants. C'étaient des femmes et des enfants pour la plupart; très peu d'hommes jeunes, vraisemblablement des planqués comme lui. Il salua d'un mouvement muet de la tête la fille du concierge en fuseau de ski, Ildiko Gyulavari, comme une vieille connaissance; il revit également la dame au manteau de phoque, qu'il avait supposé être Mme Ferenczy, mais qui était en réalité l'ex-femme divorcée d'un dentiste. Mme Ferenczy, avec un grand air de dignité, s'était ménagé avec sa fille et la bonne une sorte d'alcôve quelque peu isolée dans une partie latérale de l'abri, et n'avait guère de contacts avec les autres habitants. C'était une personne autour de la quarantaine, grassouillette, mais sans embonpoint, qui avait des lunettes et une allure raide, les cheveux à peine grisonnants ; sur son visage sans maquillage on découvrait aisément ce qui restait de sa beauté. Sa fille, Adrienne, une gamine blonde de dix-sept ans, se montrait le plus souvent vêtue d'une jolie blouse de marin pour écolière, et lorsque, sur l'insistance maternelle, elle faisait semblant de travailler sur ses livres de classe, elle mettait aussi des lunettes. Mais justement, rien ne lui allait aussi bien que de papilloter derrière une grosse monture foncée, posée sur son minuscule petit nez renifleur ; elle avait la peau fraîche et bien tendue sur ses formes ; elle ne tenait pas cinq minutes en place, elle avait tout le temps la bougeotte. Beregi pensait aussi retrouver la receveuse de tramway, mais en vain : elle ne devait pas habiter dans cet immeuble. Il y avait là en outre un lieutenant-colonel boiteux à la retraite, qui les abreuvait quotidiennement de ses explications sur la situation militaire, en dessinant des schémas avec sa canne sur le sol en béton. Un autre personnage remarquable était un vieillard corpulent, la tête chenue, les traits marqués, tutoyant Beregi comme il tutoyait tous les hommes de l'abri : on aurait cru un propriétaire foncier ou tout au moins un secrétaire d'État, or il se révéla n'être qu'un préposé aux billets de loterie.

Nelly recommanda à Beregi de s'abstenir de lier connaissance, toute conversation n'étant que source potentielle de danger. Mais il s'ennuyait intensément à traîner sans fin dans cette cave ; il trouvait sans cesse des prétextes pour passer à l'abri collectif, chez les autres : tantôt pour de l'eau à boire, tantôt pour demander l'heure ; c'est en s'isolant, disait-il, qu'il risquerait d'éveiller des soupçons. En vérité il était surtout tiraillé par le désir de voir du monde, de nouvelles têtes, il avait envie qu'on lui offre une cigarette : il avait complètement épuisé les siennes. Nelly finit par se débrouiller : elle échangea deux bocaux de fruits au sirop contre un paquet de Nicotex Vaillant. Les fruits ne manquaient pas ; et puisqu'elle en était déjà aux trocs, elle se procura aussi des pois cassés, elle était une des rares à ne pas en avoir. D'ailleurs les denrées comestibles changeaient fréquemment de propriétaires, et à en juger d'après certains signes, il y en avait qui disposaient encore de sources secrètes extérieures.

Un soir survinrent deux soldats, connaissances de la bonne des Ferenczy. Ils avaient de l'eau-de-vie de prune d'un bouilleur de cru dans une dame-jeanne, ils la firent passer à la ronde, puis ils demandèrent la permission de passer la nuit là, dans l'abri.

Il est clair qu'en d'autres circonstances Mme Ferenczy n'eût jamais toléré de pareils visiteurs ; Gyulavari bougonna un peu lui aussi ; mais l'eau-de-vie était une denrée rare par les temps qui couraient. Les locataires prirent donc la défense des soldats : les pauvres garçons, c'étaient eux qui se battaient en première ligne après tout, ils avaient bien le droit de se reposer, en se serrant on leur ferait une petite place. La dame-jeanne contenait quatre litres d'eau-de-vie maison : vers les dix heures, l'ambiance était au beau fixe. Personne n'avait envie de se coucher, pas même les enfants, le préposé aux billets de loterie raconta des histoires drôles, un garçon chevelu imita des comédiens célèbres et aboya à la manière de toutes les races de chiens, ensuite ils chantèrent, principalement la dentiste en manteau de phoque. Quelqu'un descendit de quelque part un électrophone portable ; ils firent de la place et se mirent à danser. L'un des soldats invita Nelly, mais elle refusa, préféra rester là, sérieuse, debout contre le mur, et croiser les bras : elle ne goûtait guère ces festivités frivoles. La petite Adrienne Ferenczy, elle, s'amusait d'autant plus ; sa mère eut beau faire miroiter en direction de sa fille toute la colère flamboyante de ses lunettes, rien n'y fit : elle ne tenait pas en place, elle dansa avec tout le monde, sa jupe bleue voltigeait autour d'elle.

Plusieurs s'enivrèrent, Gyulavari titubait au milieu des couchettes, un nourrisson se mit à vagir hystériquement, le colonel criait, congestionné : si nous en étions arrivés là, c'était la faute des généraux souabes. Un des soldats se trouva mal, il fallut le conduire dehors. Beregi seul peut-être resta sobre : il n'aimait pas boire. Il ne s'éloigna pas pour autant de la scène de l'action, il déambulait au milieu des autres, il tâtait son menton mal rasé. À onze heures, Nelly se retira dans leur resserre à bois ; elle lui dit de la suivre. Mais il vit Mme Ferenczy assise seule sur son lit, voulant allumer une cigarette. Il fit un pas vers elle et lui offrit du feu avec prévenance. Elle lui lança un regard oblique de bas en haut.

« Merci.

— Je vous en prie, madame, dit-il, et il rangea cérémonieusement ses allumettes. Votre fille danse admirablement.

— Oui, elle est tout en sueur, répondit-elle. Ensuite elle sortira sur le palier, la petite sotte, pour prendre froid.

— Un jeune organisme comme le sien est extrêmement résistant vis-à-vis des maladies, permettez-moi de vous rassurer là-dessus, dit-il. C'est scientifiquement prouvé.

— Et d'ailleurs elle est trop turbulente ; ce n'est pas convenable.

— Elle s'amuse un peu, ce n'est pas si grave.

— D'accord, qu'elle s'amuse. Mais avec des soldats ivres? Que dirait son père s'il la voyait?»

Il changea de tactique : «Sur ce point, je dois le reconnaître, Madame a parfaitement raison, les jeunes d'aujourd'hui respectent malheureusement trop peu les gens plus âgés. Bien sûr je ne disais pas ça de votre fille...

— Oh, Adrienne est aussi très entêtée, vous savez... Et moi, je suis responsable pour elle devant mon époux; il viendra me la réclamer.

— Si j'ose me permettre : où se trouve-t-il en ce moment?

— Sur le front, naturellement, répondit Mme Ferenczy, le dos redressé, toisant avec mépris le peuple tapageur de la cave.

— Bien sûr, bien sûr, je comprends, marmonnat-il, car aucune autre réponse ne lui venait à l'esprit. J'imagine que ça ne doit pas être facile, seule, avec une jeune fille... Bien que, je dois vous le dire, je n'aurais vraiment pas cru que c'était votre fille. J'aurais pensé, votre sœur ou une petite nièce...

— L'éducation des enfants est une lourde responsabilité, déclara-t-elle. Un caractère jeune et flexible est autant réceptif au mal qu'au bien. Il imite fidèlement ce qu'il voit autour de lui.» De nouveau elle alluma une Extra, et elle en offrit une à Beregi.

Il se fit prier : « Merci, mais ça vaut une fortune par les temps qui courent, je n'ose pas l'accepter.

— Allez-y, j'en ai suffisamment. Mon époux a été très prévoyant. »

Adrienne fit irruption, rouge d'excitation, les cheveux ébouriffés. Sa mère l'apostropha :

« Ma chérie, ça suffit maintenant.

— Mais maman, encore une demi-heure, s'il te plaît ! » Adrienne la pria, et l'embrassa à gauche, à droite.

« Il est presque minuit, ma chérie, à cette heure-ci tu as l'habitude de dormir…

— Juste une demi-heure, une petite demi-heure ! »

Beregi sentait inconvenant d'assister plus longtemps à cette discussion familiale, il inclina la tête et se retira. Au cours des jours suivants le bruit des combats s'intensifia. Les canons tiraient désormais sans interruption : leur détonation, le sifflement des obus ne s'apaisaient même pas la nuit, de près et de loin on entendait des rafales de mitrailleuses. La maison fut touchée par plusieurs impacts, le toit surtout, mais l'appartement de Nelly était encore intact ; d'ailleurs ici, en bas, les bruits estompés de la guerre l'effrayaient moins. La figure de Beregi était désormais ornée de moustaches remarquables par leur longueur, par leur noirceur, par leur épaisseur.

Chaque fois qu'il passait dans l'abri, il allait dire

bonjour à Mme Ferenczy ; de temps en temps ils causaient. Il n'y avait pas eu de présentation en bonne et due forme, il est vrai, mais l'étiquette de la cave souffrait quelques accommodements. La plupart de leurs conversations tournaient autour de l'éducation des enfants : Beregi revendiqua des principes assez conservateurs, et il avait une piètre opinion de la légèreté des jeunes d'aujourd'hui… Il consacrait en revanche une attention croissante à Mme Ferenczy, et plus il la voyait, plus il trouvait sur son visage charme et attirance. Elle avait par exemple de très beaux yeux noisette, une jolie peau presque sans rides, des lèvres minces, fines, qui avaient du caractère. Si elle commençait à prendre du poids, elle était toujours bien proportionnée, elle avait des hanches tendues, un maintien fier qui commandait le respect. Sans parler de ses cigarettes qu'elle ne manquait pas d'avoir sur elle ! Certaines causettes permirent à Beregi de fumer jusqu'à trois ou quatre cigarettes.

Mme Ferenczy, en bonne ménagère, semblait encore passablement bien pourvue de provisions alimentaires, tandis que chez Nelly les produits commençaient à manquer dangereusement ; il ne lui restait plus grand-chose à part les pois cassés et quelques bocaux de fruits au sirop. Beregi en avait par-dessus la tête, il était continuellement sur le qui-vive ; la nuit il ne dormait plus, il s'agitait nerveusement et tambourinait sur la

cloison. Tous les prétextes lui étaient bons pour traîner autour de l'alcôve des Ferenczy, se rendant plus ou
moins utile par des petits services. Il allait chercher de
l'eau, coupait du bois ; quand leurs pommes de terre
furent épuisées, il aida la bonne à descendre un gros
sac du quatrième étage. La femme ne lui avait pour
ainsi dire jamais demandé qui il était, elle ne lui avait
guère adressé la parole elle-même ; mais elle acceptait
les services rendus, pratiquement sans jamais le remer-
cier, comme qui encaisse naturellement son dû. Ils
avaient un grand appartement avec quatre chambres,
une salle de séjour, un balcon : ça devait sûrement être
beau, mais maintenant les stores étaient baissés, les
meubles recouverts de housses et poussés au milieu,
les tapis enroulés. Beregi aurait particulièrement aimé
rendre une petite visite au garde-manger, mais ce
n'était pas possible ; Mme Ferenczy le conduisit en
revanche à un placard à tiroirs chargé de cigares et de
cigarettes entassés, et lui fit cadeau de deux cartouches
d'Extra.

« Tiens, tu es encore là ? éclata Nelly, en le voyant
entrer dans la resserre à bois, une cigarette au bec.

— Pourquoi, où je devrais être ?

— Madame est-elle souffrante ? Ou elle ne reçoit
pas ?

— Tout ce que tu sais faire, Nelly, c'est croasser,
parole d'honneur…

33

« — Et toi, la seule chose que tu sais faire, c'est de courir à t'en casser la figure après cette vieille charogne, dès que tu la vois !

— Tu dis des sottises. On ne peut pas être malpoli.

— Oh, regardez-moi ce chevalier, soudain ! »

Les scènes de ce genre se répétaient ; il en eut par-dessus la tête, aussi passait-il désormais la plupart de ses soirées chez les Ferenczy. Là-bas on parlait doucement, délicatement, et s'il arrivait au bon moment, il se faisait offrir une chose ou l'autre, une bouchée de viande fumée, un petit morceau de gâteau. Un jour, il jugea convenable de demander à la femme si elle avait reçu des nouvelles de son mari.

« Sa dernière lettre nous est parvenue de Mohács, répondit-elle. Depuis nous ignorons où il se trouve. Mais une chose est certaine : il fait son devoir. »

Son mari était colonel, il s'était distingué déjà pendant la guerre de 14, il avait en outre participé à l'entrée dans la Haute-Hongrie, puis en Transylvanie. Mais le principal sujet de conversation continuait d'être l'éducation de la jeune fille ; la mère accablait sa fille d'admonestations et de recommandations, et n'arrêtait pas de la coiffer, la vêtir, l'embrasser, la critiquer. Beregi, de son côté, trouvait chaque fois de nouveaux exemples à lui servir sur les mœurs des filles de nos jours, citant des cas inouïs, comme d'une certaine Médi qui habitait dans la même maison que lui, et qui, malgré son jeune âge de seize ans, se maquillait avec extravagance, allait au cinéma avec des hommes mariés ; et coquette, elle avait fait, même à lui, ses avances. Ce sujet était au-dessus de toute contestation : parfaitement en accord avec les adultes, Adrienne réprouvait également ce genre de comportement. Non seulement elle ne tenait pas rigueur à Beregi de ces principes très stricts, mais plutôt elle s'empressait de les approuver, elle lui gardait les meilleurs morceaux, et avec ses yeux doux et brillants suspendus à lui, elle écoutait ses discours comme l'homélie de Pâques.

« Je ne suis pourtant pas une prude, disait Mme Ferenczy. Quand j'étais jeune fille, chez nous tous les soirs il y avait des invités, parfois quinze ou vingt, on s'amusait, on badinait, on jouait du piano…

— Raconte la robe verte, maman ! l'interrompit Adrienne avec enthousiasme.

— Mais non, ma chérie, ça n'intéresse pas les autres.

— Mais si, ça devait être fabuleux. Elle se tourna vers lui avec précipitation. Maman avait rendez-vous avec un de ses soupirants à six heures dans le parc du château, elle s'était habillée tout en vert : une robe verte en mousseline, un manteau de soie vert avec du duvet de cygne, un réticule, des chaussures, un chapeau et une ombrelle verts… Après, elle est vite rentrée à la maison, parce qu'elle avait un autre rendez-vous avec un autre pour dîner dans un restaurant sur l'Île, mais cette fois-ci elle ne mit que du bleu, un tailleur bleu, chapeau et voile bleus, un foulard, des chaussures, des gants, avec un sac à main bleu. Et en montant dans le tramway, elle s'est trouvée en face de son premier cavalier, qui ne l'a pas reconnue, elle s'était si brusquement transformée!»

La femme souriait : «C'est loin, tout ça.

— Oui, et maman voulait faire du théâtre, laissa échapper Adrienne. Le metteur en scène a dit qu'elle avait un magnifique sens du caractère.»

Il était ébloui : «Vraiment? Mais c'est tout à fait fascinant.

— Bien entendu, il se serait agi exclusivement du répertoire dramatique sérieux, dit Mme Ferenczy. Avez-vous entendu parler de Géza Bródy?

— Le nom me dit quelque chose…

— Il était directeur artistique à Szeged. Eh bien, c'est lui qui voulait faire de moi une comédienne, il voulait me découvrir.

— Il lui a même donné des cours complètement gratuits! rajouta Adrienne.

— Et qu'est-ce qui s'est passé ensuite? Pourquoi est-ce que ça a été interrompu? s'informa-t-il. La famille était contre?

— Pas tellement la mienne. Plutôt celle de mon époux. Nous étions déjà fiancés; il disait : "Une madame Ferenczy ne peut pas se montrer sur les planches dans les bras d'étrangers, pas même par jeu…" Voyez-vous, mon époux est comme ça : fier et orgueilleux. Comme toute sa famille…»

C'étaient des conversations, belles et intéressantes qu'ils menaient ainsi, souvent tard dans la nuit. Petit à petit, les gens s'assoupissaient autour d'eux ; Nelly, après avoir plusieurs fois traversé l'abri, se retirait ostensiblement. Adrienne bâillait aussi, habillée en survêtement elle se glissait dans son lit, alors que la bonne était déjà couchée depuis plus longtemps. Mais Beregi restait encore, et continuait à chuchoter avec la femme à la faible lumière de la veilleuse.

La plupart du temps, Mme Ferenczy racontait des histoires des années passées, de son mariage. Son mari avait un caractère très dur, inflexible, il était possédé par sa vocation ; même chez lui il exigeait un ordre militaire, et il n'était que très peu sensible aux finesses de l'âme. Il faut dire que plus d'une fois, vraiment, elle avait manqué de tendresse, de compréhension, mais c'est en vain qu'elle essayait de le lui faire comprendre avec tact ; toute requête de cet ordre n'était à ses yeux que simagrées féminines. De plus, cela ne l'empêchait pas d'être maladivement jaloux : autrefois de sa femme, et depuis ces derniers temps d'Adrienne, qu'il déifiait, qu'il adorait, et qu'il gardait des garçons à la manière d'un fiancé soupçonneux ; il la soumettait à des interrogatoires, il l'avait tout le temps à l'œil, il l'avait même giflée… Tout cela avait déjà été source de nombreuses disputes entre eux, et Mme Ferenczy était souvent triste, solitaire, elle n'avait personne à qui ouvrir son cœur.

«Mais le fait que votre époux soit jaloux, intervint Beregi, est un témoignage de l'amour exclusif qu'il porte à sa famille, et qui remplit toutes ses pensées.

— Alors là, j'en doute, vous savez.

— Comment? Vous n'avez tout de même pas découvert quelque chose?

— Oh, j'en ai gros sur le cœur… dit-elle, et ses yeux s'embuèrent derrières ses lunettes.

— Un quelconque malentendu sans doute…

— Un malentendu! sûrement! Toute la Défense nationale était au courant! Il n'avait pas hésité à transporter sa belle en auto. Pourtant, une vraie pataude, si vous la voyiez! Des mains grosses comme deux crêpières, des jambes poilues… Mais cet homme avait complètement perdu la tête : bijoux, habits, fleurs, rien n'était trop cher pour elle. Et moi, je ne l'ai pas cru, mes amies avaient beau m'avertir, j'ai gobé toutes les flatteries de la petite dame. Car celle-là était tout sucre, tout miel avec moi, c'est tout juste si elle ne me mangeait pas, tellement elle m'adorait. J'étais, soidisant, son idéal de femme… Pendant ce temps-là, dès que je mettais les pieds dehors avec ma fille à Szovata, elle montait ici, la mignonne. C'est dans l'appartement que mon mari devait dicter, à cause des travaux en cours dans leur bureau. Et moi l'imbécile, j'ai même gobé ça.

— De quelle façon la lumière s'est-elle faite sur cette affaire? demanda-t-il.

— À l'époque mon époux avait un poste à l'administration centrale, et celle-là, cette Yolande, était sa secrétaire. Eh bien jamais auparavant, lorsqu'il servait dans le contingent, il ne s'était autant absenté : tout le temps des réunions le soir et à minuit, des pourparlers, des revues, des déplacements... Puis un après-midi, il était justement allé aux bains turcs, vient un soldat avec une grosse enveloppe cachetée : état-major, urgent, strictement confidentiel, ne remettre qu'en main propre...! Je l'ai posée sur son bureau. Mais le grand sceau qui était dessus a dû plaire à la petite Adrienne, elle a tant joué qu'elle a fini par décacheter l'enveloppe. Et surprise! Du courrier de l'état-major sont sortis un pétale de rose et un bout de papier, où, sous une grosse tache de rouge à lèvres on pouvait lire : "Mon petit chat, tu me manques terriblement, je n'oublierai pas notre lundi soir aussi longtemps que je vivrai." Mais, "terriblement" était écrit avec un seul "r"... Elle ne manquait pas de culot : envoyer un pétale de rose ici, dans mon appartement!

— Pourquoi, cela signifie quelque chose?

— Cela signifie : je t'attends, est-ce que tu viens ? »

L'abri s'enveloppait d'obscurité, tout le monde dormait, seul leur pain de suif donnait encore une lumière tremblotante dans l'alcôve. La respiration régulière d'Adrienne s'entendait de quelque part où elle nichait, profondément enfouie sous son duvet, d'où ne dépassait qu'une de ses mèches blondes ; la bonne ronflait. Beregi craignait que leur faible lumière pût gêner ceux qui dormaient, il suggéra donc de l'éteindre. Mais ils n'avaient ni l'un ni l'autre envie d'arrêter cette conversation, ils se mirent donc à chuchoter dans le noir.

« C'est une dure destinée que d'être une femme, concéda Beregi. Je vous l'accorde volontiers. Et quoi qu'on dise, les sacrifices, les fardeaux les plus lourds sont toujours portés par les femmes.

— Aussi longtemps que les enfants seront mis au monde par les femmes, qu'on ne me parle pas d'égalité des sexes. Ça restera rien que des phrases, acquiesça Mme Ferenczy.

— C'est la pure vérité, à cent pour cent. Les soucis des familles reposeront toujours sur les épaules des femmes. Et plutôt que de les humilier, les hommes leur devraient hommages et respect… Pensez qu'en réalité une femme n'a même pas la possibilité de choisir librement son couple, elle se donne à qui veut bien la prendre : tantôt pour une danse, tantôt pour l'éternité. Elle est là et elle attend. Et parlons du mariage :

lorsqu'un époux a envie d'un peu de diversité, il prend son chapeau et il va faire un tour, et personne n'a rien à lui dire. Mais une épouse, surtout quand elle a un enfant, une mère, où pourrait-elle aller, je vous le demande…?

— Il commence à faire frisquet, ne pensez-vous pas? chuchota Mme Ferenczy, et on pouvait entendre le claquement de ses dents. Le feu dans le grand poêle en fonte n'était plus alimenté le soir, il faisait froid dans l'abri.

— Souhaitez-vous aller dormir? Peut-être que je vous dérange?

— Non, pas du tout, vous pouvez rester. Je vais seulement me glisser dans mon lit, ça ne nous empêchera pas de parler. De toute façon, je ne peux pas dormir…»

Deux coups s'entendirent dans le noir, les chaussures qui tombaient, le grincement du lit. Beregi resta assis sur son tabouret. Au-dessus de leurs têtes, la maison se mit à vibrer à la suite d'une explosion, émettant un grondement long et ondulant.

«Vous n'avez pas peur? demanda-t-il.

— Notre destin est entre les mains du Seigneur.

— Quel bonheur que vous trouviez un tel apaisement dans la religion.

— À vrai dire, je ne suis pas particulièrement

dévote. Moi, je suis pratiquante à ma façon : j'ai mon Dieu à moi, ma religion, avec mes propres lois…

— La foi peut être d'un grand secours par les temps qui courent, chuchota Beregi.

— Comment dites-vous ? demanda Mme Ferenczy entendant moins bien depuis son lit.

— La foi est d'un infini réconfort, chuchota-t-il, en baissant encore plus la voix.

— Je ne vous entends pas bien. Mettez-vous là plus près, au bout de mon lit. »

Beregi avança à tâtons, il se laissa tomber sur le bord du lit, il poussa un peu plus loin la couverture molletonnée. Ils allumèrent des cigarettes. À la flamme de l'allumette, il vit qu'elle avait reposé ses lunettes.

« Mon époux, oui, c'est un homme de grande piété. Avez-vous entendu parler de la Congrégation supérieure ?

— Peu de chose…

— C'est là qu'il va tous les mardis, chez les jésuites, il ne manquerait cela sous aucun prétexte. Le premier dimanche de chaque mois, à la messe, ils communient ensemble, et en été ils vont aussi jouer aux quilles. Sans même parler de leurs retraites au séminaire. »

Beregi préféra revenir au sujet antérieur. « Si je peux me permettre, en ce qui me concerne, c'est depuis que les temps sont devenus difficiles que j'ai vraiment appris la vraie valeur des femmes. Car se terrer au fond d'un bunker et tirer, il faut dire que c'est pas grand-chose, si l'on excepte quelques cas exceptionnels. On se fait zigouiller ou on ne se fait pas zigouiller, il n'y a pas de troisième solution. Mais s'occuper du ménage par les temps qui courent, s'approvisionner, faire la queue, donner à manger à tous ces hommes affamés, se priver pour eux des meilleurs morceaux, les encourager, éduquer les enfants, moi, je vous le dis : ce sont ces tâches qui demandent un courage et une intelligence dont un homme ne serait jamais capable… Que ferions-nous sans les femmes, je vous le demande. Tout ce que nous avons eu de bon dans la vie, c'est à elles que nous le devons, depuis notre venue au monde, en passant par l'amour maternel, la chaleur du foyer, la nourriture savoureuse, jusqu'à, bien sûr, l'amour, la tendresse… »

Madame Ferenczy éteignit sa cigarette. « Ça s'est rafraîchi ici. J'ai les mains toutes froides.

— Puis-je les réchauffer ? »

Elle ne répondit pas. Se sentant encouragé, il prit ses deux mains entre les siennes. Pendant un moment ils ne dirent mot.

« Prenons votre exemple, madame, chuchota-t-il un peu plus tard. Que de sagesse et de force, à vous voir veiller à présent sur ce petit foyer familial. Et là-haut, dans l'appartement, j'ai vu de mes propres yeux l'ordre qui règne partout : les housses pour protéger les meubles, la vaisselle emballée, les tapis enroulés, recouverts de papier journal. Un vrai plaisir à voir. Et votre façon d'élever votre petite fille, la protection circonspecte, avec l'extrême sensibilité dont vous l'entourez. Et, d'une manière générale, votre façon de préserver une telle dignité, un ton si distingué, même ici, à la cave…

— Il faut les préserver, soupira Mme Ferenczy. Et plus c'est difficile, plus c'est indispensable. Bientôt il ne nous restera rien d'autre que cela.

— Oui, mais avec quelle élégance, quelle distinction naturelle… »

Il ne cessait pas de frotter les mains de la femme pour les réchauffer, puis il se glissa dans le lit, à ses côtés.

Au petit matin, avant que les habitants de l'abri se réveillent, Beregi sortit dans la cour, il alluma une cigarette. Dehors il faisait à peine gris, il se sentait las, tout alangui ; dans la rue on entendait des cris, des mots en allemand, suivis des détonations de coups de fusil. Il n'alla pas rejoindre Nelly, il attendit que la maison retrouve sa vie diurne, se mette en mouvement, alors, il redescendit lentement vers l'abri.

D'ailleurs Nelly ne se montra pas de la matinée. Elle apparut seulement après le déjeuner près du point d'eau sans regarder personne, en faisant un bruit de vaisselle. La bonne des Ferenczy s'y trouvait également, occupée à récurer quelques marmites étalées au sol : il eût été difficile de déterminer laquelle des deux femmes était à l'origine de la dispute. Toujours est-il que les gens les virent se bousculer, pousser des pieds les assiettes de l'autre, la bonne proférait des injures outrageantes, tandis que Nelly, devenue toute rouge, vociférait :

« C'est vous qui pariez ? Même d'ici vous voudriez me virer ? Vous feriez mieux d'apprendre à votre maîtresse à mieux respecter ce qui est à elle et ce qui est aux autres ! »

Mme Ferenczy l'entendit et s'approcha, vêtue d'une longue robe de chambre : « Vous avez besoin de quelque chose ?

— Tiens donc ! Vous m'avez remarquée ? lui jeta Nelly. Jusqu'ici vous n'aviez pas même daigné répondre à mon bonjour… Pourtant, moi qui ne suis pas la femme d'un colonel, j'ai suffisamment de décence pour ne pas tirer dans mon lit ce qui appartient à quelqu'un d'autre ! Comme ça, à la vue de tout le monde, comme des bêtes ! Pouah, ça me dégoûte ! Vous n'avez aucune pudeur ? »

Mme Ferenczy ne sourcilla pas, elle n'éleva même pas la voix. « Je vous en prie, dans la mesure où vous estimez avoir été injustement dépouillée de quelque chose qui vous appartenait, n'hésitez pas à le remporter. »

Nelly hurlait comme une enragée : « Savez-vous de quel fardeau vous venez de vous encombrer ? Avez-vous simplement une idée de l'homme que c'est ?

— La seule chose qui m'intéresse de qui que ce soit, c'est si, oui ou non, c'est un gentleman, répondit Mme Ferenczy d'un ton glacial.

— Un gentleman, lui ! Je dirais plutôt un ingrat, un salopard ! Je l'ai amené ici, je l'ai nourri… »

Beregi, qui traînait par là, l'interrompit : « Laisse tomber, Nelly, reprends tes esprits. Ça ne sert à rien. »

Nelly éclata en sanglots et se jeta à son cou. « Joseph chéri, tu as pu me quitter ? Tu ne m'aimes plus ? »

Un peu plus tard, dans le courant de la même journée, Mme Ferenczy conseilla à Beregi d'emménager complètement dans l'abri souterrain, beaucoup plus sûr, à l'épreuve des bombes. Celui-ci rechigna, sous prétexte qu'il appréhendait le qu'en-dira-t-on des voisins. Mais cela n'avait pas le moins du monde l'air de gêner Mme Ferenczy.

« Ça ne change rien, ils ont tous été témoins de la scène édifiante de ce matin. Et puis après tout, j'ai assez souvent été trompée par mon mari, toute la maison le savait, toute la ville le savait : qu'est-ce que ça peut me faire ! Qu'ils jasent à leur guise. Une dame ne doit pas prêter attention à ces choses-là. Surtout maintenant, quand nous ne pouvons même pas être sûrs que nous serons encore ici demain… »

Elle dépêcha immédiatement la bonne pour descendre des matelas, des draps et des couvertures. Le soir Beregi changea donc ses quartiers. Aucun conflit n'accompagna cette fois ce mouvement, pour la raison que Nelly avait déjà mis ses malles dehors. Sa valise noire était posée dans le couloir de la cave, à l'extérieur de la petite resserre à bois, avec toutes ses affaires dedans, y compris les socquettes de coton qu'elle lui avait offertes pour Noël. Pas loin devant l'entrée de l'alcôve de Mme Ferenczy, au pied d'un pilier, il restait une maigre surface où il put s'installer, mais de toute façon il passait le plus clair de son temps à l'intérieur de l'alcôve. Il mangeait avec eux : la bonne faisait désormais la cuisine pour quatre. Mme Ferenczy ne paraissait plus du tout gênée à son égard ; c'est avec l'ostentation infantile des amoureux qu'elle assumait cette liaison, remplissant continuellement l'assiette de Beregi, découvrant avec un sourire les quantités qu'il était capable d'avaler. Adrienne, elle, était visiblement ravie de la tournure des événements ; elle lui demandait de jouer avec elle à la main chaude ou bien à des parties de bataille navale, ou encore il devait l'interroger lorsqu'elle faisait ses devoirs.

Les autres habitants de l'abri prirent acte de ce déménagement. Gyulavari n'osa pas faire de remarque ;

sa fille Ildiko en revanche semblait manifestement très intriguée par la promotion de Beregi ; elle passait de temps à autre devant l'alcôve et jetait un long regard scrutateur sur l'intéressé. Le lieutenant-colonel boiteux, comme galvanisé, tapait fréquemment sur l'épaule du jeune homme, il lui lançait des œillades complices : comme il détestait du fond de son cœur le colonel, Ferenczy, il n'était que par trop ravi de le savoir cocu. Son épouse, une femme d'officier, maigre et desséchée, savourait déjà dans sa bouche le goût des mots excitants avec lesquels elle allait pouvoir colporter autour d'elle le récit de ce scandale. Un matin, n'y tenant plus, elle sortit pour rendre visite à ses amies, mais un violent bombardement la fit rebrousser chemin. La seule parmi les occupants de l'abri qui ne faisait pas mystère de son indignation était Mme Huszar, ex-femme d'un dentiste en manteau de phoque : Beregi avait beau la saluer, pour elle il restait transparent, et lorsqu'elle croisait Mme Ferenczy, elle tournait ostensiblement la tête. Une fois elle murmura même à mi-voix, mais de façon à ce que tout le monde l'entende, que ce n'était pas étonnant qu'on en fût là où on en était si la femme d'un colonel de l'armée royale hongroise n'hésitait pas à se commettre avec le premier métèque venu, et qu'il ne serait pas inutile de contrôler si ce n'était pas de cette maison qu'on émettait des signaux lumineux à l'aviation britannique... Nelly n'apparaissait guère dans l'abri depuis l'autre jour, elle se débrouillait pour se passer du fourneau collectif : elle devait cuisiner sur un réchaud à alcool. Elle ne revenait que pour prendre de l'eau, tôt le matin, rapidement ; elle essuyait ses bidons, ne s'adressait à personne : elle devint majestueuse et impénétrable à la manière d'une reine détrônée.

Mme Ferenczy continua à ignorer ces choses, elle veilla surtout à ce qu'autour d'elle régnât une apparence distinguée. Ainsi elle évitait de s'adresser directement à Beregi qu'elle vouvoyait toujours très strictement ; comme unique signe de familiarité, elle lui permit tout au plus de l'appeler par son prénom : Louise. Malgré les circonstances peu favorables, elle ne manquait aucune occasion pour raffiner son éducation : il ne devait pas parler la bouche pleine, il devait tenir son couteau et s'asseoir à table comme il faut, et ainsi de suite. Beregi s'avéra appliqué et malléable, bientôt il se sentit comme intégré à la famille ; il commençait à se retrouver entre les différents oncles et cousins, avec leurs attributs et les commérages les plus marquants aux dépens de chacun. Sa garde-robe ayant quelques lacunes, il commença à se vêtir d'abord du linge puis des habits civils du mari absent : toutefois, le colonel devait être légèrement plus corpulent que lui.

En outre, la femme ne cessa pas non plus de mener

sa fille tambour battant. Du matin jusqu'au soir elle lui cassait les oreilles, la bichonnait, la nourrissait, la sermonnait : elle ne travaillait pas assez et elle allait tout oublier, elle la disait brouillonne et irréfléchie ; elle lui répétait cent fois comment devait être une jeune fille de dix-sept ans. Adrienne l'écoutait les yeux baissés, elle promettait de s'amender, mais dès que sa mère n'était plus là, elle jetait le livre de côté, elle ne pensait qu'à jouer, par exemple à faire des constructions de ficelle sur les doigts de quelqu'un ; elle improvisait des figures chorégraphiques, et un jour elle demanda à Beregi :

« À quoi sert le baccalauréat à une fille ? Ça ne lui sert à rien.

— Votre mère est plus apte à en juger, Adrienne.

— Pourquoi ? Elle haussa l'épaule. Une mère ne peut pas dire une bêtise ? »

Elle trouvait toutes les occasions bonnes pour ne pas travailler. Si Beregi racontait quelque chose, même une histoire de football, elle dardait sur lui ses deux yeux brillants, et elle l'encourageait : encore, encore, insatiable. Elle tournait et ronronnait autour de lui comme un petit chat, le touchait sans cesse quelque part (c'était inévitable dans cette alcôve exiguë), se frottait contre lui, le chatouillait de ses cheveux blonds. Une jeune fille tourbillonnante, il eût fallu l'attacher à un piquet pour qu'elle se tînt tranquille ; elle avait constamment la bougeotte, elle s'échappait, elle ne craignait rien, pas même les bombardements ; tous les prétextes lui étaient bons pour monter dans les étages, à l'appartement, ou pour courir explorer les labyrinthes des caves. Une fois, Beregi la surprit dans l'escalier de service : adossée contre la rampe, elle y fumait une cigarette.

« Que faites-vous ici, mademoiselle Adrienne ? »

Au lieu de jeter la cigarette, la jeune fille attrapa impétueusement les mains de l'homme.

« Vous n'allez pas le dire à maman, n'est-ce pas ? Vous n'allez pas me moucharder ? !

— Vous n'êtes pas une enfant sage.

— Je ne suis plus une enfant ! Maman se fait des illusions… Dites, vous ne lui en parlerez pas ? Je peux avoir confiance en vous ? Je n'ai pas envie de me faire gronder. »

C'était un phénomène charmant et espiègle, cette gamine mince et élancée, en tenue de sport surmontée d'un pardessus en poil de chameau, avec une cigarette au bec ; sous ses lunettes, elle l'implorait de son regard innocent et dévoué. Brusquement Beregi ressentit une chaleur.

« Vous dites que vous n'êtes plus une enfant ? »

Adrienne secoua la tête avec véhémence. « Non, non, je ne veux plus qu'on me prenne pour une enfant !

J'en ai par-dessus la tête. D'autres jeunes filles à mon âge se marient déjà ou conduisent une voiture…

— Mais vos amies et vos camarades de classe…

— J'en ai assez d'elles, de leurs idioties, de leurs farces de bébé, ce n'est plus de mon âge. J'en ai assez de l'école, aussi et de tout le reste… Ras le bol, je ne veux plus les voir! Et maman aussi, je crois qu'elle va être plutôt surprise…

— De quoi, qu'est-ce que vous mijotez?

— Je vais me barrer.

— Tiens donc. Où ça?

— À l'étranger. J'en sais rien, peu importe…

— Il y en a des idées dans cette tête! Petite cachottière!»

Les joues d'Adrienne étaient toutes rouges; brusquement, elle le regarda d'abord droit dans les yeux, puis elle fixa le sol, devant ses pieds.

«Puis-je vous demander quelque chose?

— Allez-y.

— Mais vous ne m'en voudrez pas?

— Non, non, n'ayez crainte.

— J'aimerais mettre un peu vos cheveux en désordre… Mais c'est sûr, vous n'êtes pas fâché?»

Beregi se baissa, lui tendit la tête.

Lorsque un peu plus tard il regagna l'abri, Adrienne s'y trouvait déjà. Elle était en train de mettre du vernis à ongles aux doigts de sa mère, tout en comblant celle-ci de caresses, de baisers et de flatteries. Elle l'appelait son adorable petite maman chérie, elle inclinait sa tête sur les genoux de sa mère, elle lui fourrait des bonbons dans la bouche. Mme Ferenczy affichait un plaisir manifeste à endosser la fonction de mère, elle laissait reposer sa main avec un fier sourire maternel sur la blonde chevelure de sa fille, sans oublier d'adresser un regard chaleureux à Beregi afin de l'intégrer également dans la jolie composition : leur petit trio pouvait évoquer une intime photo de famille.

Des bruits couraient que les Russes étaient déjà au cimetière de Kerepes. Un vacarme interminable de canons, de mitrailleuses, de bombes. Les avions passaient tellement bas qu'ils frôlaient quasiment les toits des maisons. Une nuit la cage d'escalier s'effondra, d'un coup, les cinq étages. On ne compta aucune victime, car tout le monde séjournait dans l'abri souterrain. Toutefois, à partir de ce jour-là les gens se hasardèrent rarement à monter dans les appartements même si l'escalier de service était resté praticable. Par chance, la famille Ferenczy s'était aménagé une réserve alimentaire en bas aussi, dans leur remise à bois. En effet, par prévoyance déjà, tout au début du siège, la femme avait fait descendre à la cave une partie de ses provisions. Elle portait toujours la clef sur elle : pour empêcher que la bonne ne puisse chiper quelque chose, elle préférait envoyer Adrienne chercher ce dont on avait besoin.

Un jour qu'il fallait retourner les pommes de terre, Mme Ferenczy demanda à Beregi s'il voulait bien y aller et aider sa fille. La remise à bois se trouvait à l'autre bout de la cave. Un cierge de cire à la main, ils devaient longer les longs couloirs, mais le courant d'air éteignit la flamme à plusieurs reprises. La jeune fille, riant et frissonnant, se blottissait contre lui, et quand Beregi s'alluma une cigarette, elle la lui demanda.

« Il ne manquerait plus que ça ! Ce n'est pas à moi de vous dépraver !

— Juste une seule bouffée, vraiment... »

Elle saisit la main de l'homme et aspira une bouffée ; la braise rougit. Quand Beregi reprit sa cigarette, il sentit dessus l'humidité des lèvres de la jeune fille. Plus tard, pendant qu'ils triaient les pommes de terre dans le garde-manger moisi, sa proximité lui donnait des picotements, leurs mains se touchèrent dans la caisse ; ils se bombardèrent de pommes de terre ; ils chahutèrent. Beregi était encore intrigué par leur précédent dialogue.

« Qu'est-ce qui prouve que vous n'êtes plus une petite fille, comme vous le prétendez ?

— Quel genre de preuve voulez-vous ?

— Par exemple : avez-vous déjà été amoureuse ?

— Eh oui, si vous voulez tout savoir, répondit

Adrienne. Et au moins dix garçons ont déjà été amoureux de moi.

— Tiens donc! Et je dois croire ça?

— Même l'été dernier, en vacances, un garçon est tombé mortellement amoureux de moi. Authentique.

— Mortellement? dit Beregi, badin. Et qui était ce malheureux?

— Il s'appelait Robi. Et pourtant, si vous saviez, toutes les filles, et même les femmes, n'en avaient que pour lui!

— Ah! un dangereux coureur de jupons? Mais lui, c'est pour mademoiselle qu'il avait le béguin.»

Ce Robi, élève ingénieur en première année, ne l'avait pas laissée en paix une minute, raconta Adrienne, il la guettait à la plage, il la suivait partout, toute la journée, il lui apprenait le tennis, il dansait exclusivement avec elle, et il lui avait demandé de l'épouser à la fin de ses études. Et, bien que toutes les femmes de l'endroit lui fussent tombées dans les bras comme des fruits mûrs, dès son apparition il n'avait regardé aucune autre; cela en devenait désagréable, tous ces regards jaloux et envieux... Entre-temps ils achevèrent le tri des pommes de terre, mais Beregi retardait le retour.

«Et vous, vous l'aimiez aussi?

— Sur le moment je le croyais.

— Et maintenant?

— Mais non, ce n'était qu'un gamin prétentieux.

« — Vous n'aimez pas les jeunes garçons?

— Ils sont tellement balourds, mal dégrossis...
Vous avez quel âge?

— Trente-quatre.

— Tiens, juste deux fois mon âge!

— Vous me trouvez vieux?

— Pas du tout, au contraire, dit-elle, les yeux
brillants. C'est l'âge le plus passionnant... Avec des
morveux je ne peux même pas bavarder.

— Avec moi vous pouvez? Je ne vous ennuie pas?

— Surtout pas, jamais!

— On se tutoie?

— D'accord, chuchota vite Adrienne, et elle lui
tendit la main. Mais seulement en secret, si maman
n'est pas là... Alors salut, toi!

— Salut.» Beregi serra fort les doigts de la jeune
fille, sans les relâcher. «Mais il y faut un baiser aussi.

— D'accord», chuchota-t-elle encore, et elle tendit
la joue. Beregi y posa une petite bise près de l'oreille,
mais ne sentant aucune résistance, il glissa jusqu'à la
bouche. Les lèvres étaient molles et fraîches, elles fré-
mirent sous le baiser. Il en fut étonné.

«Qu'est-ce que tu embrasses bien! Sais-tu comme
tu es adorable?

— Tu es gentil», haleta-t-elle, la joue serrée contre
sa poitrine.

Ils dînèrent de bonne heure, Mme Ferenczy avait

mal à la tête, elle souffrait d'insomnies, elle souhaitait se coucher tôt. En mangeant à la cuillère sa soupe de haricots, Adrienne chantonnait, lançait des trilles, se balançait sur sa chaise, à deux reprises sa mère la réprimanda et lui demanda de se tenir tranquille. La femme avala une double portion de somnifères, et vers dix heures elle réussit enfin à s'endormir. Beregi se retira à sa place, il se coucha. Mais le sommeil ne vint pas, il se retournait constamment sur son matelas, il se caressait les moustaches, il murmurait entre ses dents. Vers minuit, tout l'abri était assoupi, il entendit des pas près de sa couche.

« Qui est là ? chuchota-t-il dans le noir.

— C'est moi.

— Adrienne ?

— Oui.

— Ça ne va pas ?

— L'air est très lourd ici, souffla la jeune fille. Je n'arrive pas à m'endormir. »

Beregi s'assit, son épaule frôla la taille d'Adrienne. « Pourquoi ne sortez-vous pas dans la cour ?

— J'ai peur.

— Bon, attendez… »

Il s'habilla en silence, revêtit son manteau. Alors il chercha la main de la fille, ils glissèrent furtivement entre les lits et les matelas jusqu'à la porte en fer, ils tirèrent prudemment la poignée, ils sortirent. Dans l'abri, personne ne bougea.

C'était une nuit très calme, comme en temps de paix, un ciel étoilé, un temps froid. Elle portait toujours son survêtement recouvert de son manteau en poil de chameau, les lunettes sur le nez. Beregi en parcourut d'abord la monture de baisers puis les lui ôta. Ensuite ils allumèrent une cigarette ; Adrienne se blottissait contre lui.

« En as-tu déjà embrassé d'autres ? demanda-t-il.

— Oui.

— Ce Robi ?

— Oui.

— Avez-vous fait autre chose aussi ensemble ?

— Comment ça, autre chose ?

— Tu t'es donnée à lui ? »

Elle ne répondit pas. Il se racla la gorge.

« Tu n'es pas obligée de répondre… reprit-il.

— Un jour, on était en excursion, chuchota-t-elle.

— Pendant les vacances ?

— En haut dans la forêt. Tous ensemble, garçons et filles. Nous deux, on traînait délibérément. On a fini par les perdre.

— Avec Robi ?

— Il m'avait dit qu'il me montrerait une montagne de sel. C'était vrai, c'était tout blanc et salé, on pouvait en casser des morceaux ; nous les avons goûtés. Après nous nous sommes assis dans l'herbe au pied d'un arbre, nous regardions le sel, c'était intéressant...

— Et alors ?

— Alors il m'a dit qu'il avait déjà connu beaucoup de femmes et que ça lui manquait, mais qu'il n'irait plus avec une autre parce qu'il n'aimait que moi, il ne pourrait pas me tromper, mais qu'il ne pouvait plus tenir.

— Et c'était bien ?

— Je ne sais pas.

— Tu l'aimes encore ?

— Plus maintenant...

— C'est sûr ?

— C'est sûr... Mais tu me jures de ne jamais le dire à personne ? »

Beregi l'embrassa de nouveau : il s'étaient tellement échauffés qu'ils titubaient dans la cour, enlacés, comme ivres. Il gelait, fortement ; Adrienne frissonnait, elle déboutonna le manteau de Beregi pour y chercher refuge, entre ses ailes.

« Tu as froid ? demanda-t-il.

— Un peu.

— On rentre ?

— Non, non, souffla-t-elle aussitôt.

— Que fait-on alors ?

— Je ne sais pas... » Adrienne fixait de ses yeux les

carreaux en céramique de la cour, comme si elle cherchait quelque chose. « J'ai la clé sur moi.

— Quelle clé ?

— Celle de notre appartement. »

Beregi resta ébahi. « C'est génial, ton intelligence m'épate, ma chérie !… Mais ça ne te fait pas peur d'aller là-haut ?

— Je n'ai jamais peur… »

Ils montèrent en courant l'escalier de service en colimaçon resté intact ; au deuxième, Adrienne s'essouffla, elle dut s'appuyer à la rampe. Le ciel froid et étoilé était sillonné par des faisceaux de projecteurs, qui allèrent se fixer sur un avion bourdonnant qui volait haut, et ils le suivirent dans leurs feux lumineux croisés. Le couple observait ce drame avec un plaisir surexcité ; ils se sentaient envahis d'une anxiété bizarre du fait de se trouver en haut dans l'immeuble, seuls peut-être dans toute la ville. Au loin on entendait des bruits d'impacts, des balles traçantes dessinaient leur trajectoire rouge sur le ciel — mais l'avion finit par glisser hors de l'horizon de la cour.

Ils continuèrent leur escalade au ralenti, sur la pointe des pieds, jusqu'au quatrième étage. L'appartement avait été un peu endommagé par des tirs, la nuit les éclairait à travers les trous dans le mur : ils ne firent pas de lumière, ils tâtonnaient à travers les pièces obscures et venteuses, ils se prirent les pieds par endroits dans des tapis enroulés. Ils sortirent dans la cuisine, mais là le froid était encore plus vif, alors Adrienne le tira vers sa chambre à elle qui paraissait encore intacte. Dans cette pièce tout était vernis en blanc, le bureau, l'armoire, le lit de la jeune fille ; dans un coin un nounours géant trônait dans son fauteuil au voisinage d'un poêle en fonte, chauffage d'appoint pour l'hiver.

« On l'allume ? demanda Adrienne.

— Sensas ! »

Ils trouvèrent du bois et du charbon dans la caisse de l'entrée ; Beregi était maître dans l'art d'allumer des feux. La flamme prit immédiatement, le petit poêle rougit, brûlant, incandescent, il faisait fondre le gel de plusieurs semaines de siège. Bientôt ils purent quitter leur manteau, Beregi attira la fille contre lui.

« Tu m'aimes ? »

Elle acquiesça avec ferveur, elle frissonna en silence entre ses bras, pourtant son visage était déjà brûlant.

« Depuis quand ?

— Depuis que tu m'as surprise avec la cigarette. Tu étais si gentil, tu m'as permis de t'ébouriffer les cheveux… Dis, est-ce que c'est vrai ce qu'on raconte, ce que tu es ?

— Quoi donc ?

— Tu sais bien…

— Qui te l'a dit ?

61

— Cette odieuse Mme Huszar, la femme du dentiste.

— Pourquoi ? Et si c'est vrai, c'est mal ?

— Pas du tout, au contraire ! À l'école aussi, mes meilleures amies ont toujours été des Juives, elles étaient les plus intelligentes, les plus sympathiques. J'aurai sûrement un mari juif…

— Comme tu es jeune, dit-il, en la serrant. Et comme tu as chaud. Ne veux-tu pas enlever ton survêtement ?

— D'accord », souffla-t-elle.

Ils retournèrent à l'abri séparément. Lorsqu'elle se glissa dans son lit, Mme Ferenczy se réveilla en sursaut.

« Où étais-tu ?

— Dans la cour.

— À cette heure-ci ? Pour quoi faire ?

— Figure-toi, dans mon rêve l'immeuble avait reçu un obus de plein fouet, dit-elle, volubile. Les cinq étages s'étaient écroulés, le portrait de grand-père en uniforme s'était accroché à la poutre aux tapis dans la cour. C'était tellement horrible, même insupportable, il fallait que j'y aille pour voir… »

Elle était inépuisable en matière de mensonges ; à partir de ce jour, elle fit d'autres escapades avec Beregi là-haut dans l'appartement, parfois plusieurs fois le même jour, elle trouvait toujours un bon prétexte. Les combats reprirent de plus belle, il fallait pas mal de témérité pour ces expéditions; un jour ils se trouvèrent carrément en plein milieu d'un duel d'artillerie : le lustre se balançait, les murs tremblaient, les vitres se cassaient, le crépi et les tuiles tombaient, une bombe fit gicler le grenier au-dessus de leurs têtes. Mais ça ne fit que faire se blottir encore plus Adrienne contre l'homme.

«Tu n'as toujours pas peur? demanda Beregi.

— Jamais, si tu es avec moi.»

Au début elle était plutôt maladroite en amour, à la manière d'un bébé hirondelle à son premier envol. Beregi était son premier véritable chéri intime, et celui-ci avait l'art de la mettre en extase : la passion d'Adrienne atteignit bientôt son apogée. Il suffisait qu'ils restent un instant en tête à tête pour qu'elle se collât à lui, qu'elle lui murmure des mots doux, les joues enflammées, pour l'attirer dans l'appartement; elle était tout de flamme, de chair et de sang. Beregi craignait que la mère n'apprît quelque chose, et quelquefois il trouvait ce double engagement trop lourd pour lui, mais la passion d'Adrienne l'emportait.

Elle l'aimait avec l'égoïsme et le total don de soi-même, de sa jeunesse; elle lui passait systématiquement, en contrebande, les meilleurs morceaux, sachant combien il aimait la viande; elle volait même pour lui dans leur garde-manger tantôt du petit salé, tantôt des rondelles de saucisson, ou de la poitrine fumée. Et elle ne cessait de se raconter, le gavait sans relâche avec enthousiasme de ses histoires de petite fille, sur son père, sa famille, des films, des farces d'écolières, sur l'enseignement des bonnes sœurs. Ou encore, elle attrapait inopinément la main de Beregi, pour lui chuchoter :

« Tu sens combien je t'aime ?

— Bien sûr.

— Mon amour… », balbutiait-elle, en cachant un baiser dans son oreille. Elle lui gribouillait des lettres, des petits mots, elle les cachait sous sa couverture, dans les poches de ses vêtements et même dans ses chaussures : ce qu'elle ressentait à tout moment, ses rêves de la nuit, ou au minimum un « je t'adore » en lettres géantes.

Beregi vivait désormais dans la peur permanente que l'inconscience de la jeune fille n'attirât un malheur. Mais par chance Mme Ferenczy ne semblait s'apercevoir de rien, elle avait du reste d'autres soucis. Il lui avait été rapporté que Mme Palotas, la femme du lieutenant-colonel de l'immeuble, avait déclaré publiquement dans l'abri : « Chez les Ferenczy on vit à la tzigane, la femme est une bohémienne dépensière, elle y brûle la chandelle par les deux bouts, elle ne pense qu'à ses fringues et à aller chez le tailleur et au salon de thé, même dans sa cuisine elle fume, son linge, elle l'envoie au blanchisseur, elle n'a même pas constitué le trousseau de sa fille.» Mme Ferenczy était depuis toujours la bête noire de cette femme d'officier, elles ne se parlaient d'ailleurs pas, elle ne daignait nullement réagir à ses attaques. Mais si elle pouvait laisser passer les persiflages envieux envers sa liaison, la calomnie qui touchait sa fierté de ménagère, c'en était trop. Pendant de longs jours, elle revint là-dessus auprès de Beregi au point qu'elle radotait :

«C'est elle qui ose parler ainsi? Madame Palotas? Elle n'arrive pas à garder une seule domestique, elles se sauvent toutes, chez elle même le pain est rationné, elle infuse le même thé cinq fois… Elle est la risée de tout l'immeuble : cette chère Émilie, elle peut cuire deux œufs au plat avec un seul œuf, c'est sa recette brevetée, elle partage le jaune en deux… Ce qu'ils mangeraient le plus volontiers, c'est leurs propres excréments! S'ils étaient dans le besoin, je comprendrais. Mais ils possèdent trois immeubles, un dans la rue Aradi, et deux en banlieue, et par-dessus le marché, madame est actionnaire dans une boîte de nuit, mais si! C'est moi qui le dis! Elle fait même des tricots à vendre. Ils touchent une retraite, ils n'ont pas d'enfants : expliquez-moi pour qui ils économisent? Pour les Russes? Ou pour se noyer dans leur saleté? La saleté, ce n'est pas ça qui manque chez eux, des toiles d'araignée, cinq millimètres de poussière sur le bahut, le rideau de dentelle tout noir, ils ne dépenseraient rien pour du savon ou de la cire à parquet… Pour eux ce serait du gaspillage, il est vrai que mon mari exige une chemise propre chaque jour, des fois deux, un caleçon, des chaussettes, des mouchoirs propres, on peut vérifier…»

Beregi ne détestait pas écouter ces discours féminins, il acquiesçait, il approuvait, il était même prêt à rendre des services dans cette affaire, à observer et à rapporter par exemple le menu de chez les Palotas :

«Ils n'ont pas fait la cuisine aujourd'hui, elle a mangé deux poireaux, elle a servi à son colon des tartines à l'huile avec du pain d'au moins huit jours, et ils ont mis les miettes de côté.

— Ça ne m'étonne pas! déclara avec satisfaction Mme Ferenczy. Il leur reste deux barriques de saindoux et un sac et demi de farine, je les ai vus de mes propres yeux. Vous voyez, même un lieutenant-colonel peut n'être qu'un plouc…»

Adrienne n'était pas intéressée par ce conflit, elle faisait du pied à Beregi, brûlant d'impatience de rester en tête à tête avec lui. Un soir, en grimpant subrepticement l'escalier de service, sur le palier du premier, ils se trouvèrent nez à nez avec Nelly qui sortait de chez elle. Elle ne s'arrêta pas, elle détourna son regard comme si elle avait croisé des inconnus, elle passa dédaigneusement avec ses sacs à provisions. Beregi s'assombrit, mais une fois en haut Adrienne prit son visage entre ses deux paumes brûlantes.

« Tu es à moi et à personne d'autre, tu n'appartiens qu'à moi. Tu comprends ?

— Tu as raison, murmura-t-il.

— Tu es toute ma vie, tu es mon tout, je t'aime comme je n'ai jamais aimé.

— Je comprends.

— Plus que quiconque au monde, mets-toi bien ça dans la tête.

— Plus que tu n'as aimé Robi ?

— Voyons ! Ce petit morveux ?

— Même plus que ta propre mère ? dit-il pour la taquiner encore.

— Plus.

— Et plus que ton père ?

— Il est hors jeu.

— Plus que le bon Dieu ?

— Oui, plus ! C'est vers toi que vont mes prières. »

Le 13 dans l'après-midi, on cogna longuement à la porte en fer de l'abri. C'était une patrouille de croix-fléchées, deux hommes et une femme : la femme Mikucz. Ils réclamèrent Gyulavari, le responsable de l'immeuble, puis le chef de la patrouille, un moustachu en uniforme noir, vérifia toutes les identités de la cave. Son collègue était un adolescent chétif et boutonneux d'une quinzaine d'années peut-être, portant un énorme fusil. Mme Mikucz était une femme roussâtre, grande et osseuse, dans un blouson de cuir et des bottes, avec un étui de revolver, un béret jeté en arrière sur la tête. Les vérifications se faisaient rapidement et en silence, le moustachu demandait les documents, saluait et passait au suivant. Lorsqu'il arriva aux Ferenczy, la colonelle présenta ses papiers la première ; Beregi produisit quelques papiers défraîchis. Le croix-fléchée les prit en main, et comme Mme Mikucz qui jusque-là n'avait pas dit un mot, il jeta un regard inexpressif par-dessus son épaule, puis sur le visage de Beregi.

«Monsieur est avec nous», dit madame Ferenczy.

Le croix-fléchée rendit les papiers, salua et tous les trois passèrent plus loin. Il n'y eut de problème avec personne ; seulement quelques mégots de cigarettes écrasés firent l'objet de remontrances : décidément Gyulavari ne faisait pas respecter l'interdiction de fumer, lui-même ne se privait pas de sa pipe dans l'abri.

Mais le soir même Mme Mikucz revint. Seule cette fois, et elle se dirigea directement sur Beregi qui finissait de prendre son dîner dans l'alcôve avec les Ferenczy.

«Vous, suivez-moi. »

Mme Ferenczy s'interposa.

«Mais voyons, monsieur est employé à l'usine d'armements.

— Son papier n'est qu'un faux», déclara-t-elle de sa voix grave et rauque. Elle accrocha militairement son pouce dans son ceinturon, au bras gauche elle portait un brassard marqué d'une croix gammée verte.

«Écoutez, je suis l'épouse du colonel Ferenczy. Je me porte entièrement garante…

— Vous, je ne vous ai rien dit.» Mme Mikucz ne lâchait pas Beregi de ses yeux d'un bleu froid. «En route! une, deux!»

Adrienne, qui jusque-là était restée une muette spectatrice de la scène, se jeta sur lui, l'embrassa et cria en haletant : «Je ne le lâcherai pas! Que lui voulez-vous? Je ne le lâcherai pas!»

Elle fondit en larmes, l'enlaça, le secoua. Mme Mikucz dégaina son revolver.

«Assez de cinéma. Allons-y!»

Beregi se leva, il s'essuya la bouche de son mouchoir, il mit son manteau et se fraya un chemin entre les lits, les chaises, les valises. Mais Adrienne s'accrochait à lui, se laissait traîner sans cesser de crier.

«Où l'emmenez-vous? Vous tous, faites quelque chose!»

Personne ne broncha dans la cave, les habitants essayaient de passer inaperçus, et le concierge n'était pas visible. Près de la porte en fer, Mme Mikucz écarta la jeune fille et poussa Beregi devant elle. Mais même en montant les escaliers, ils pouvaient entendre ses hurlements.

«Où l'emmène-t-on ? Qu'on me dise où on l'emmène ! »

La rue Reáltanoda était noire et vide. Des tirs nourris s'entendaient de l'autre rive du Danube, à Buda. Ils marchèrent vers la rue de l'Université, lui à droite sans chapeau, à sa gauche, mais un pas en arrière, Mme Mikucz balançait son revolver à la main. Ils prirent par la place déserte, longèrent les vitrines béantes du café Central, leur balade se poursuivit par la rue Irányi.

« Madame, s'il vous plaît, où allons-nous ? demanda Beregi.

— Vous verrez bien, répondit-elle de sa voix grave. Et on ferme sa gueule.

— Au Danube ?

— Et alors ? En quoi seriez-vous différent des autres ?

— C'est pourtant vrai… », grommela-t-il.

Depuis sa dernière sortie, l'aspect de la ville avait passablement changé. Pas loin d'un immeuble sur deux était gravement endommagé. Sur la place Apponyi, une charpente brûlait en crépitant, les éclairs jaunes de ses flammes se voyaient d'en bas. Par endroits, les débris barraient complètement la rue, il fallait les escalader, une fois Mme Mikucz trébucha, elle faillit même tomber. Beregi se faisant prévenant la prit par le coude, la soutint. Une fois l'obstacle passé, elle tapota sa jupe, lança son abondante chevelure en arrière. Ils repartirent ; lui, comme il convient, passa sur la gauche de la dame, il toussota.

« Puis-je poser une question ?

— Quoi ?

— Vous ne le prendrez pas mal ?

— Qu'est-ce que vous voulez ?

— Est-il vrai que Madame porte une combinaison en dentelle noire ? »

La femme stoppa. « Qui vous a dit ça ?

— Une connaissance.

— Et pourquoi ça vous intéresse ?

— Je demandais ça, comme ça. »

Ils continuèrent d'avancer vers les quais, dans l'ouverture d'une rue apparut la masse obscure du mont Gellért. Mais elle ralentit de nouveau, comme préoccupée.

« Dites, pourquoi vous demandez des choses pareilles ? Vous n'avez pas d'autre chat à fouetter ?

— J'essayais juste de vous imaginer dedans, à quoi vous pouvez ressembler, répondit-il.

— Et alors ?

— Ben, plutôt mignonne. »

Les rues étaient désertes à cette heure tardive et inhospitalière. Devant le lycée de jeunes filles un camion militaire allemand stationnait, il paraissait vide.

71

Elle brisa le silence :

«J'ai deviné qui vous a dit ça. Votre amie Nelly, Nelly Jobbagy.

— Comment l'avez-vous deviné ?

— Moi, je sais tout… Aussi, entre autres, pourquoi cette colonelle a tant gémi pour vous. Pendant que son mari se bat, elle s'offre des garçons, des individus qui se cachent… Il faut croire que les femmes vous apprécient.

— Permettez, c'est plutôt le contraire. Et puis, ça dépend laquelle, naturellement. Parce que l'important, c'est la sympathie réciproque… »

Au coin de la rue Molnár elle s'arrêta, tira des cigarettes de la poche de son blouson de cuir et lui présenta le paquet aussi.

«Tiens ! allumez-vous une dernière cigarette !

— Très aimable à vous. »

Il lui offrit du feu, il avait toujours des allumettes sur lui. La flamme illumina le visage de Mme Mikucz : il était large et plein, comme tout son corps, ferme mais étonnamment régulier, le nez droit, de grands yeux écartés, d'un bleu mat, presque sans vie, semblant regarder nulle part, les cheveux épais nuancés de roux. Ils s'immobilisèrent pour fumer ; Beregi se racla la gorge, essaya de deviner dans l'obscurité l'expression de la femme.

« Qu'est-ce que vous reluquez comme ça ? jeta-t-elle. Prétendriez-vous me regarder comme une femme ?

— Effectivement... Il y a quelque chose en vous...

— Quoi, vous en avez assez de Nelly ? Et des charmes fanés de la colonelle ? »

Il sauta sur le sujet.

« Oui, à propos de Nelly. Avouons que c'est, tout compte fait, quelqu'un d'assez primitif. Elle ne sait pas parler d'autre chose que de la cuisine, du ménage et des voisines : que Dieu garde quiconque de sa mauvaise langue ! Et comme elle grossit ; je ne lui donne pas deux ans, elle sera grosse comme une maison...

— Vous avez bien tourné casaque et passé sous la coupe de la vieille colonelle, hein ?

— À vrai dire, sincèrement, ce n'était pas une partie de plaisir. C'est quelqu'un d'assez particulier, la colonelle : elle se croit le centre du monde, elle veut tout diriger. Elle se donne des airs, toute la cave la déteste. Elle nous régale sans cesse de ses histoires de famille ; mais quand elle commence à éduquer sa fille... Alors là, cette Adrienne, n'en parlons même pas, quelle stupide petite oie, elle vaut son pesant de sainte-nitouche, celle-là...

— Vous en dites du mal : vous l'avez eue aussi peut-être ?

— S'il vous plaît, un gentleman ne parle pas de ces choses-là, déclara le chevaleresque Beregi. Mais ce qui est sûr, c'est qu'elle ne se lave pas souvent... C'est très gênant, n'est-ce pas, madame, vous pouvez comprendre ça, vous qui utilisez des parfums français...»

Elle sursauta.

«Vous tenez ça d'où?

— Un connaisseur le sent tout de suite...

— Eh bien, décidément! Rien ne vous arrête pour faire le beau!

— Moi, je dis juste les choses comme elles sont, assura-t-il. Et qu'il me soit permis d'ajouter ceci : il est grand dommage que nous n'ayons pas fait connaissance plus tôt.

— C'était justement votre chance jusqu'ici, pauvre petit imbécile de séducteur!

— Vous savez, madame, rien n'arrête quelqu'un qui cherche. Tant qu'il n'a pas trouvé la véritable âme sœur...»

Elle se mit à rire de sa voix rauque.

«Pourquoi ne dites-vous pas tout de suite, montons chez moi plutôt que d'aller au Danube?

— Vous avez touché juste, ce ne serait pas une mauvaise idée, au moins pour une petite demi-heure... On pourra toujours aller au Danube après. On peut s'offrir un petit cadeau, n'est-ce pas? À qui ça ferait du mal?»

Elle leva en l'air le revolver qu'elle tenait toujours,

ôta le cran de sécurité et arma. C'était un grand Frommer énorme et démodé.

« Les parfums français, il n'y a pas d'odeurs plus agréables chez les femmes, dit-il. Par exemple, ainsi embaumée, couvrir quelqu'un de baisers, des pieds à la tête... »

Elle ne cessait pas de tripoter son arme sans le quitter du regard, en l'évaluant, pensive. Elle finit par ranger le revolver dans l'étui en cuir attaché à son ceinturon.

« Bon, allons-y, de toute façon je dois remettre du bois dans le feu, grommela-t-elle. Mais pas un bruit dans le hall, vous la bouclez, qu'on ne vous entende pas ! »

Elle habitait à deux pas dans la rue Ivor-Kaas. Elle avait sa propre clé du portail ; son appartement donnait de plain-pied sur une cour étroite : ils ne croisèrent personne. Elle alluma une lampe à pétrole.

« Quel chaleureux petit foyer », nota Beregi, et pendant qu'elle chargeait son poêle, il promenait familièrement son regard alentour. C'était un deux-pièces joliment meublé, avec une salle de bains où il y avait même de l'eau au robinet ; il visita aussi la minuscule cuisine, souleva un couvercle, puis il s'installa dans une bergère rempaillée, se balança, il la regardait s'activer à son feu.

« Je peux vous aider ?

— Bougez pas, vous n'y connaissez rien.

— C'est un feu continu ?

— À deux regards.

— Et c'est vrai que le feu ne s'éteint jamais ?

— Là-dedans ? Je l'ai rallumé le 4 octobre, jusqu'en avril ça doit brûler. Un seau de coke le matin, un seau de coke le soir et c'est tout.

— Et vous arrivez à vous procurer du coke ?

— À l'usine à gaz, c'est là que travaille mon mari.

— Quelle sorte de coke ? Noisette ?

— Noisette calibre un.

— D'avant la guerre ?

— Pensez-vous ! Regardez tous les cailloux qu'il y a dedans. »

La voir ôter son ceinturon, sortir de son blouson de cuir belliqueux et se débarrasser de ses bottes, même pour Beregi c'était un spectacle inédit. Pourtant la combinaison qu'elle portait n'était pas en dentelle noire, mais en soie d'un bleu pâle discret, des bas de soie, seul son porte-jarretelles était noir avec des raies bleues.

« Vous voyez bien qu'il n'y a pas un mot de vrai », dit-elle.

Elle n'en était pas moins parfumée, soignée, en effet, et si son corps était un peu trop grand et trop osseux, elle avait des bras et des jambes fins et minces avec, sur son visage plutôt large, beaucoup de beautés cachées.

«Comment tu t'appelles? demanda-t-il pendant qu'il l'attirait à lui.

— Elsa.»

Plus tard ils dînèrent. Beregi avait déjà mangé chez les Ferenczy, mais ici il y avait tant de bonnes bouchées à saisir, un foie gras entier dans une boîte, du saucisson de campagne, des sardines, du citron, des fruits tropicaux confits, des sablés au chocolat, des cerises au rhum : il ne put pas y résister. Elle, elle buvait plutôt, d'abord de la liqueur aux œufs, plus tard du cognac Dreher, trois étoiles.

«Tu n'es pas du tout descendue aux abris? demanda-t-il en piquant sa fourchette dans la graisse d'oie jaune doré.

— Je ne vais quand même pas laisser s'éteindre mon feu.

— Tu n'as pas peur des obus?

— Ils ne peuvent pas arriver ici, c'est très entouré. Elle haussa les épaules. Je n'ai aucune envie de me passer de mon confort. Et puis même, la bombe nous trouve aussi dans une cave si elle veut : qu'est-ce que ça change, ici ou là…»

Sur la table de nuit la photo encadrée d'un homme.

«C'est ton mari?

— Oui, oui.

— Où est-il?

— Qu'est-ce que j'en sais? Peut-être à Sopron.

— Vous êtes divorcés ?

— Nous sommes séparés.

— Quel est son métier ?

— Comptable.

— Dans l'usine à gaz ?

— À la direction des sous-produits.

— Qu'est-ce qu'il est allé faire à Sopron ?

— Il est membre du conseil supérieur, il s'est tiré vers l'ouest avec les huiles.

— Pourquoi il ne t'a pas emmenée ?

— Il a dû l'oublier. »

Elle se versait sans cesse à boire, ses yeux s'obscurcissaient, ses gestes s'alourdissaient. Beregi fit seulement semblant de la suivre, il paraissait plus intéressé à ce qu'on pouvait fumer. En effet les cigarettes ne manquaient pas, des marques rares de toutes sortes, étrangères à bout doré : après quelques hésitations il se choisit un cigare Hargita, brun foncé, il le coupa cérémonieusement avec son canif, produisit des volutes.

« Pourquoi ne vis-tu pas avec ton mari ?

— C'est un animal.

— Comment s'appelle-t-il ?

— Jenö Mikucz.

— Il te trompait ?

— C'est le moins grave.

— Quoi alors ?

— Ça te regarde ? »

Elle avala un nouveau verre de cognac, puis elle s'affala sur le canapé. Elle portait une robe de chambre de velours bleu, elle laissait pendre ses jambes gainées de soie. Ses longs cheveux roux se répandaient sur le coussin.

« Sale brute de porc ! dit-elle de sa voix rauque.

— Qui donc ?

— Jenö. Passe-moi la bouteille. »

Il la lui apporta.

« Le verre aussi... Est-ce que c'est normal de battre sa femme avec son ceinturon ? Ou des embauchoirs ?

— Comment ça, des embauchoirs ? Il te les lançait, ou il te cognait avec ?

— Ça lui apprendra à cette Blanche, elle l'a bien cherché...

— Quelle Blanche ?

— Blanche Bajor. C'est avec elle qu'il est allé à Sopron.

— Qui est cette femme ? Elle est belle ?

— Son père est secrétaire d'État.

— Et comment ton mari a expliqué que c'est elle qu'il emmenait ?

— Il n'a rien expliqué. Il est parti sans dire au revoir.

— Mais s'il te maltraitait, pourquoi tu le regrettes ? »

Elle ne répondit pas, d'ailleurs Beregi n'était pas pressé à cet instant de résoudre cette énigme, il était bien plus excité par les formes que la femme étalée sur le canapé laissait entrevoir : elles étaient pleines et souples comme un grand ballon de caoutchouc. Il s'assit de nouveau près d'elle, il commença à la dépouiller de sa robe de chambre. Quelque chose lui vint à l'esprit.

« J'ai une idée. Mets-toi debout dans tes bas et en combinaison. Comme ça. Mets par-dessus ton ceinturon, l'étui avec le revolver aussi… C'est ça. Maintenant les bottes, mets-les, toutes les deux… »

Il n'hésita pas à l'aider, il permit qu'elle posât les grosses semelles contre sa poitrine. Elle se laissa faire, et quand tout fut prêt, elle éclata d'un gros rire rugueux :

« Je te plais ? »

Le lendemain, elle partit de bonne heure. « Surveille le feu, ne le laisse pas s'éteindre », lui dit-elle avant de l'enfermer, on entendit même claquer un cadenas à l'extérieur.

Il errait dans l'appartement, fit un tour dans le garde-manger, mais il n'avait pas vraiment faim, il ne fit que grignoter. Plus tard il se rasa, dans la salle de bains il trouva un blaireau, du savon, des lames, mais il ne toucha pas à sa moustache. On tirait beaucoup dehors, ça l'angoissait un peu ; ils avaient veillé tard, il avait encore un peu sommeil : il se glissa dans le lit encore tiède, en pantalon, il n'ôta que ses chaussures. Il s'endormit.

Elle rentra tard dans l'après-midi. Elle était fatiguée, morose ; c'est lui qui prépara le thé, qui servit le dîner. Mais elle mangea peu, but surtout du cognac. Lui, ayant mangé à sa faim, s'installa dans la bergère.

« Dis, Elsa : quand tu m'as emmené de la cave, t'étais-tu imaginé que ça tournerait comme ça ?

— Comment savoir ? répondit-elle, en regardant rêveusement de côté.

— C'est ce qui aura motivé ton retour ?

— C'est-à-dire, quand nous avons terminé les vérifications cette femme de dentiste qui habite là m'a couru après…

— Madame Huszar ?

— Elle m'a dit que tu étais un neveu de Mme Weidlinger et le gigolo de la colonelle.

— Madame Weidlinger ? s'étonna-t-il. C'est qui, celle-là ?

— Elle habitait aussi dans l'immeuble, mais on l'a emmenée au ghetto.

— Quelle ânerie, je ne sais même pas qui c'est. »

Elle reprit une gorgée, lentement, en la savourant.

« Qui sait, une pensée m'a effleurée ; nous avons zigouillé tant de Juifs, pourquoi ne pourrais-je pas en sauver au moins un… Qu'est-ce que tu en penses, c'est vrai que les Russes vont finir par entrer ?

— Ma foi ! On dirait bien que c'est en train… »

Elle avala ce qui restait dans son verre, haussa les

épaules. « Ça m'est égal. Tout m'est complètement égal… »

Cette femme devait être passablement alcoolique, le plus souvent elle revenait de ses expéditions en état d'ébriété déjà avancé. Elle ne manquait pas de réserves à la maison ; elle buvait continuellement, mécaniquement, routinièrement, et toujours des spiritueux. Mais elle le supportait assez bien, n'était pas malade, ça la rendait seulement morose et d'humeur cassante. Alors elle parlait le plus souvent de son mari Jenö. C'était un tyran, un tempérament effréné, combien il avait de femmes, là-bas aussi à l'usine à gaz : il les voulait toutes. Après, elle parlait de Blanche Bajor, comment elle était provocante au bal du parti nazi, combien de fois ils avaient dansé ensemble devant ses yeux, sans se gêner. De leur fuite ensuite : comment, à force de flagorneries, il avait réussi à se faire emmener dans la voiture du secrétaire d'État ; sans même lui téléphoner, il l'avait abandonnée, le soir de Noël. Et finalement de nouveau elle parlait de la brutalité de Jenö, comment il la torturait, la frappait.

« Mais pourquoi t'en voulait-il comme ça ? demanda-t-il.

— Un soir, par exemple, il m'a amené deux de ses amis, ils n'ont pas arrêté de boire et de chanter. Je leur préparais des beignets, il m'a suivie dans la cuisine, m'a dit de me déshabiller.

— Devant ses amis ?

— Je ne voulais pas, mais il a tant insisté, disant que c'était pour lui faire plaisir, impossible de discuter...

— Et comment ? Juste la robe ou complètement ?

— Ils ont ouvert la radio, cherché de la musique, et Jenö voulait que je couche avec ses amis.

— Avec les deux ?

— Il m'a dit que si je l'aimais vraiment, je devais le faire.

— Et comment étaient-ils ? Gentils ?

— Ivres.

— Et ensuite ?

— Quand ils sont partis, Jenö m'a couverte de gifles.

— Pour quelle raison ?

— Il était jaloux.

— Mais c'est lui qui t'avait contrainte !

— Il m'a dit que j'aurais dû refuser... »

Il arrivait qu'elle sortît plusieurs fois par jour, sans jamais dire où, mais chaque fois elle refermait la porte. Beregi lavait la vaisselle, faisait le ménage, balayait, vidait la cendre du poêle, rechargeait le feu. Puis il s'asseyait dans la chaise à bascule, somnolait ou se couchait carrément dans le lit pour se reposer des nuits mouvementées. Où et quand elle dormait, cela restait un mystère.

Un soir elle rentra plus éméchée que de coutume :

son haleine sentait l'eau-de-vie. Elle regardait Beregi en train de casser la croûte, éberluée, le regard embrumé :

« Qui c'est, celui-là ?

— Vous ne me reconnaissez pas ? répondit-il tout hébété, Madame Weidlinger, ou plutôt le colonel Ferenczy... Vous m'aviez confié la surveillance du feu...

— On ne vous a pas encore exécuté ? »

Elle ne s'en préoccupa pas davantage, ôta son blouson et ses bottes sans se gêner, se jeta sur le canapé, installa sa bouteille sous la main pour continuer à boire. Pour lui changer les idées, il essaya de l'amuser avec des histoires de football, il lui racontait le mémorable match auquel il avait assisté, quand Ignace Amsel, le gardien de but de Ferencvaros, avait cassé la jambe de Kalmar... Elle écoutait sans mot dire, le visage rigide, elle s'assoupit peu après. Il se glissa furtivement sur la pointe des pieds vers la bergère où la femme avait déposé son ceinturon, avec prudence il ouvrit l'étui du revolver, lorgna l'arme, chercha comment la dissimuler. Toutefois, il n'osait pas y toucher. Brusquement elle leva la tête.

« Qu'est-ce que tu fabriques ?

— Rien. »

Une autre fois, c'est bien après minuit qu'elle rentra à la maison, avec deux valises. Elle les déballa sur-le-champ : il en sortit un manteau d'astrakan, des chaussures, des robes, un plaid de laine, un sac à main en peau de serpent, des colliers, des bijoux variés.

« C'est de l'or ? fit-il, curieux.

— Qu'est-ce que j'en sais ?

— Mais d'où ça vient ?

— Ça vient... Donne-moi quelque chose à manger. »

Il prépara des canapés : il tartina des biscottes au saindoux, les couvrit d'une épaisse rondelle de salami. Elle les mâcha lentement, puis elle remplit à moitié de cognac un verre à eau, le but, le remplit de nouveau, le but également.

« Ce qui est bizarre, c'est qu'ils n'ont même pas essayé de se sauver. Pas même crié...

— Au bord du Danube ?

— Ils se tenaient en rangs comme devant la caisse du cinéma. L'un d'entre eux, un vieux pépé, s'essuyait tout le temps les lunettes, alors qu'il était en caleçon.

— Toi aussi, tu as tiré ?

— Seulement après, quand ils étaient déjà dans l'eau. Mais je pense n'avoir touché personne... »

Elle ingurgita encore un demi-verre, puis, comme à l'accoutumée, elle s'affala sur le canapé, les jambes pendantes, le regard perdu.

« Pourquoi tu ne bois pas ?

— Je n'aime pas vraiment ça.

— Viens ici. »

Il s'assit près d'elle.

« Couche-toi contre moi, dit-elle. Et embrasse-moi… Plus fort ! Fais-moi mal !

— À quoi ça sert ?

— Je veux que cela me fasse mal, tu comprends ? Serre-moi aussi fort que tu peux… »

Beregi n'aimait pas beaucoup ce genre de choses : « Allons, pas comme ça.

— Tu veux le manteau de fourrure ? Je te le donne.

— Qu'est-ce que j'en ferais ?

— Tu le donnes à ta mère.

— Elle est morte.

— À une parente alors.

— Je n'en ai pas…

— Alors frappe-moi ! T'as compris ? Je le veux. Frappe-moi, de toutes tes forces… Punis-moi, piétine-moi ! Humilie-moi, sale Juif !… » Elle glissa ivre morte sur le plancher et elle murmurait le nom de Jenö.

Le lendemain, elle ne rentra pas, il attendit son retour en vain toute la soirée. Après deux heures du matin il en eut assez, il se coucha. Mais elle ne rentra pas le lendemain non plus. Elle a pris la poudre d'es-campette celle-là, pensa-t-il, ou encore elle a fui de l'autre côté, à Buda. Les Russes ne devaient plus être loin ; leurs batteries de blindés vrombissaient tout près, quasiment sous les fenêtres, en tout cas sûrement dans les rues voisines.

Il ne se sentait pas à l'aise, tout seul dans l'appartement. Qui plus est, dans cette longue attente il avait complètement oublié le feu : le poêle continu s'était éteint. Il sortit une des valises, il étudia ce qu'il pourrait bien y mettre. À vrai dire, il n'était vraiment intéressé que par les victuailles, les conserves, les fromages, les friandises, il ne toucha à rien d'autre. La porte était toujours cadenassée, la fenêtre sur la cour pourvue de barreaux. Seule la salle de bains avait une petite fenêtre donnant sur une étroite arrière-cour, assez grande pour s'y glisser. Il dut casser une autre fenêtre : il se retrouva dans l'arrière-boutique d'un commerce. Le rideau de fer du magasin avait été forcé, il put tout juste se faufiler dehors.

La rue en ce début d'après-midi paraissait délaissée. Il réfléchit pour savoir où aller ; il songea même à Caroline, une ancienne amie chez laquelle il avait passé les semaines précédant Noël. Mais Caroline habitait avenue de l'Empereur-Guillaume, certainement au-delà du front aujourd'hui. Aussi il prit plutôt le chemin de la rue Ottokar-Prohaszka, puis à l'église il tourna à gauche, vers la rue Reáltanoda. Sur la chaussée, des cadavres de chevaux, de nombreuses destructions nouvelles sur les immeubles, au voisinage de l'hôtel un bâtiment s'était écroulé de toute sa hauteur. Depuis la place Calvin on entendait les bruits d'un accrochage sérieux, mitrailleuse, fusils, canon. Il se mit à raser le mur ; de la rue Lajos-Kossuth, une longue colonne de chars fermés, à chenilles, s'engageait vers le pont. Plus loin quelques soldats allemands élancés, habillés d'une combinaison de camouflage, faisaient descendre du toit de l'immeuble Franklin un canon antiaérien à l'aide d'une poulie. Beregi les aborda, il offrit une cigarette à l'un de ces martiaux détrempés.

« *Was ist, bitte schön ?*[1] »

L'Allemand la refusa, il murmura quelque chose, il tira sur la corde, tout en sueur, et cria vers le haut. Beregi fuma donc tout seul, il continua sa marche. Le portail de la maison rue Reáltanoda était fermé : il se mit à cogner.

Au bout d'un long moment la clé grinça et Gyulavari apparut. Il resta là, sidéré, et fixa l'apparition de ce revenant de l'au-delà, mais il ne dit rien et le fit entrer. Beregi coupa la cour en diagonale en direction du monde souterrain, directement vers les resserres à bois. Nelly était encore là, assise toute seule dans son étroite cage. Quand elle l'aperçut, elle sursauta, eut un haut-le-cœur, puis porta sa lanterne de suif à hauteur du visage du visiteur.

1. « Qu'est-ce qui se passe, s'il vous plaît ? »

« Quoi, tu es vivant ?

— Et pourquoi pas ? »

Elle lui sauta au cou en larmes. « Espèce de canaille ! Montre-toi ! Où étais-tu ?...

— Je te raconterai plus tard... grommela-t-il en posant sa valise sur le lit, et il l'ouvrit.

— Parbleu, tu viens de chez la Mikucz ! s'écria Nelly. Sois maudit, salaud, et moi qui t'avais déjà enterré... C'est pour ça qu'elle t'a embarqué, cette pourriture ?

— Eh oui, c'est comme ça que ça a tourné...

— Tourné, tourné, je te connais, baratineur !

— Peut-être, mais c'est vers toi que je suis revenu.

— Pourquoi ? Elle a filé, cette garce de croix-fléchée ? Bien sûr, elle a peur qu'on la pende, elle le mérite bien... »

Il commença à déballer le contenu de la valise.

« Écoute, j'avais pensé que tout ça irait aux pilleurs...

— Du chocolat, du foie gras ! observa Nelly. Ici les nourrissons n'ont que des haricots, qu'il faut leur écraser... Tout ça a été volé, n'est-ce pas ?

— Bon, bon, j'ai assez vécu à tes crochets. »

Aussitôt il s'installa, il s'étala sur le lit de fer familier. Dans le coin de la resserre il reconnut sa vieille petite valise noire, mais il n'insista pas pour savoir comment elle y était revenue. En outre, les nouvelles étaient que l'appartement de Nelly avait reçu deux obus, la commode avait été détruite avec toute sa belle lingerie, de même que le poêle, la radio et un des deux fauteuils en cuir. Pourtant la fin du siège devait être proche : les combats faisaient rage dans la rue Magyar, dans le square Károlyi tout proche. Beregi ne quitta pas la resserre à bois, mais lorsque Nelly passa le soir dans l'abri pour mettre le dîner à chauffer, elle en ramena la nouvelle, c'est le marchand de billets de loterie qui la tenait d'un SS : les Allemands auraient profité de la nuit pour se replier à Buda.

Effectivement, le soir il régnait un étrange silence. Ils dînèrent à deux. Nelly prépara des nouilles aux pommes de terre, pleines d'oignons et de paprika ; elle enrichit le plat de lardons grillés provenant du butin de chez Mikucz. Mais elle n'avait pas vraiment retrouvé sa bonne humeur d'autrefois, elle était distraite, sans appétit, marquée par ce qui s'était passé. Pour l'égayer, il louangea sa cuisine.

« Sublimes, ces nouilles ! Il n'y a pas de plat plus simple, mais ta façon de le préparer le transforme complètement, personne d'autre n'en serait capable…

— Pourquoi ? Aurais-tu été mal nourri par ta petite chérie nazie ? »

Il se ranima. « La mère Mikucz ? Tu veux rire ? Elle ne lèverait pas le petit doigt, même le thé, c'est moi qui devais le mettre à chauffer…

— De quoi s'occupe-t-elle, toute la journée?

— Elle reste avachie sur le lit et boit du matin au soir, et ensuite du soir jusqu'au matin… Tu ne me croiras pas, mais je devais même m'occuper de son ménage : le chauffage, le balayage, les poussières et figure-toi, même la vaisselle…

— On t'a embauché toi, roi des paresseux? s'esclaffa Nelly, enfin de bonne humeur.

— Qu'aurais-je pu faire d'autre? Elle avait un revolver grand comme ça!»

Elle hocha la tête : «Tu es un drôle de coco, toi! Ne parlons même pas de ce que tu as fait avec moi, comme tu m'as humiliée…

— Bon, à quoi sert de retourner le fer dans la plaie? Le principal, c'est d'être ensemble.

— Et tout ça pour qui? Une vieille rombière cagneuse, comme cette courge de colonelle! Sans parler de cette minette sournoise et hypocrite…

— Mais tu viens d'être dédommagée, n'est-ce pas? Quelle autre réparation veux-tu encore?

— Ça va, ça va, tu es un drôle d'oiseau quand même.»

Elle ne bouda plus très longtemps, tira vers elle son visage : «Tes moustaches ont poussé, quelle broussaille… Quoi, ça t'empêche peut-être de m'embrasser?»

La nuit ils dormirent peu. Sur le coup de minuit

une explosion plus puissante que jamais secoua la ville, puis peu après, une seconde. Cela ne pouvait être que le pont Élisabeth et le pont aux Chaînes, puisque les autres ponts avaient déjà tous sauté. Nelly se blottit encore plus près, tremblant de tout son corps.

«Mon chéri, petit galopin, salaud, toi! c'est bien que tu sois là.»

Au matin, quand il se réveilla, elle était déjà toute habillée, elle l'embrassa.

«Mon petit Joseph, tu es libre! Les Russes sont arrivés!»

Il s'habilla en vitesse, ils grimpèrent dans la cour. Quatre Russes se tenaient là devant la loge du concierge, une femme était parmi eux, ils étaient entourés par les habitants. Ils s'expliquaient et gesticulaient dans un brouhaha général; apparemment les Russes voulaient savoir s'il restait dans la maison des Allemands ou des armes. Gyulavari, ayant été prisonnier en Sibérie pendant la Grande Guerre, affirmait en ânonnant que non, qu'ils étaient tous passés à Buda. Beregi aperçut aussi Mme Ferenczy avec Adrienne un peu à l'écart du groupe, la colonelle avec un fichu sur la tête, sa fille dans son sempiternel manteau en poil de chameau. Il leur fit un prudent signe de tête, mais elles feignirent de ne pas le voir, la mère passa son bras sous celui de sa fille et elles se détournèrent.

Il revit également le lieutenant-colonel en civil,

avec sa femme, le préposé aux billets de loterie chenu et corpulent ainsi que Ildiko, la fille de Gyulavari et les autres. Mme Huszar, la femme du dentiste dans son manteau de phoque, le salua avec un large sourire, le visage rayonnant, en lui serrant longuement la main :

«Comment allez-vous, cher monsieur Beregi? Comme je suis heureuse de vous voir.

— Je vous remercie, répondit-il. Et vous, Madame? Votre appartement n'a pas souffert?»

C'est curieux, pensa-t-il, dans la cave cette Mme Huszar paraissait beaucoup plus âgée : elle est assez bien bâtie, et maquillée comme ça, sans lunettes, son visage est plutôt plaisant... Il se mit ensuite à détailler la femme russe, la *barichnia*. Elle était jeune, rondelette, en jupe courte, une mitraillette en bandoulière, une petite chapka ronde sur son chignon, le visage sérieux et attentif. Pas si mal que ça, constatat-il, mais les soldats étaient pressés, ils partirent, et elle avec eux.

Les premiers jours passèrent en une continuelle cavalcade. La multitude déambulait dans les rues en ruine : des Russes, toutes sortes de civils à brassard, des hommes, des femmes et des enfants traînant des poussettes ou portant des sacs à dos, des valises ou des baluchons; ou elle se densifiait devant une boutique au rideau arraché, puis la foule ondulait plus loin. Tout le monde migrait, déménageait, recherchait ses proches ou sa place. Eux, ils montèrent dans l'appartement de Nelly pour le voir de plus près. Le gentil deux-pièces, le nid douillet, avait passablement été retourné par la guerre, des trous béants larges d'une toise dans le mur, les carreaux cassés, les cadres émiettés ; le vent y soufflait, la pluie et la neige y battaient en liberté. Même la cuisine donnant sur la cour avait reçu quelques éclats, la porte de l'entrée avait été arrachée avec son chambranle, le poêle en faïence s'était effondré. Nelly s'assit dans l'unique fauteuil resté intact, les jambes repliées, et se mit à raisonner.

« Mon petit chat, c'est pas demain la veille qu'on pourra réemménager ici.

— Alors, qu'est-ce qu'on va faire ? demanda-t-il.

— Je vais aller chez ma belle-sœur en banlieue. Le temps que je puisse faire remettre cet appartement en état.

— Tu ne pourrais pas m'emmener avec toi ?

— Oh là là, mon petit cœur. Déjà moi je serai à leurs crochets s'ils veulent bien de moi, car ils sont bien nombreux à eux tout seuls. Et le peu de chose qui nous reste à manger, ça ne durera pas non plus éternellement…

— Mais dès que les choses se remettront en marche, on trouvera de tout, argua-t-il, du travail, des vivres, c'est pareil…

— C'est bien beau, mon petit, mais c'est que mes

clients sont pour la plupart des provinciaux, or il n'y a pas de train, pas de transports, et ce n'est pas près de s'arranger… D'ailleurs, pour être sincère, je ne brûle pas tellement de l'envie de les revoir. Mais même si je voulais, je ne pourrais guère les recevoir, à cause de ma belle-sœur si j'habite chez elle…

— C'est-à-dire, qu'est-ce que tu veux faire ?

— On dit que les Russes embauchent des couturières, je serai au moins nourrie. »

Les choses en étaient là, lorsqu'il s'avéra brusquement que Beregi ne pouvait plus rester non plus. En effet, un matin une vieille femme, maigre et mal habillée, parlant allemand, vint le trouver : ce devait être une rescapée du ghetto qui n'avait pas encore décousu son étoile jaune. Comment elle l'avait retrouvé, un vrai mystère ; il eût aimé se dissimuler, mais même dans l'obscurité de la cave elle l'avait repéré immédiatement. Elle le traîna dans un coin du couloir, elle lui chuchota quelque chose longuement et mystérieusement en allemand. Il n'en rendit compte à Nelly qu'après le départ de la vieille.

Elle était venue au sujet d'enfants, deux petits garçons, qui étaient avec elle dans le ghetto. Leurs parents, tous leurs proches avaient été emmenés. Beregi restait leur unique parent vivant, à part lui ils n'avaient plus personne, plus rien. Il ne restait qu'une petite épicerie dans la ville de Baja à leur nom, un petit commerce assez correct avec une bonne clientèle. Il devait suffire pour faire vivre et élever ces enfants, il n'y avait personne d'autre que lui pour y aller, pour s'en charger.

«Où se trouvent donc ces deux pauvres petits orphelins? demanda Nelly en essuyant ses larmes.

— Chez cette vieille, avenue Soroksár.

— Et pourquoi ne peut-elle pas les garder?

— Elle n'est pas de la famille, ce n'est qu'une voisine, ils ont atterri chez elle par hasard. Elle est d'ailleurs gravement malade, cardiaque, elle va être hospitalisée. Les enfants ne peuvent pas rester avenue Soroksár, car quelqu'un d'autre occupera son appartement... À Baja ils n'ont personne, toute la famille a été déportée, je devrai rester avec eux. Ils ont très mauvaise mine, affaiblis, en haillons. La chose est pressée.

— Si c'est comme ça, mon petit Joseph, tu dois y aller, approuva Nelly avec sérieux. Je sens que j'en crèverai... Mais à quoi ça servirait que tu vives dans cette cave comme une taupe, et de toute façon tu n'as pas de logement...

— Je n'en ai jamais eu.

— Tu vois, finalement c'est le plus sage que tu puisses faire et le plus tôt sera le mieux : ne laisse pas attendre plus longtemps ces petits orphelins... Là-bas en province tu mangeras bien, mon petit, on dit qu'on y trouve de tout, poulets, oies, œufs : tu pourras faire grossir ces deux pauvres chétifs.

— Tu es donc d'avis que je devrais y aller? demanda-t-il, déprimé.

— Ma parole, devant Dieu, j'irais bien avec toi, s'il n'y avait pas ce maudit appartement et si je n'y tenais pas tant. C'est tout ce que je possède au monde, je dois essayer de le retaper. »

Effectivement cela n'avait pas de sens d'attendre trop longtemps : à l'aide de divers morceaux de toile et de deux ceintures de cuir, Nelly cousit un sac à dos pratique, elle y mit le peu de linge de Beregi, ses cigarettes ainsi que les vivres partagés équitablement. Le surlendemain, après le petit déjeuner, il entreprit d'aller chercher les enfants avenue Soroksár, avec l'idée de partir de là directement vers Baja, ils trouveraient bien un camion russe ou n'importe quoi d'autre qui veuille bien les prendre.

Nelly fit un bout de chemin avec lui ; après la place Calvin et la rue Lonyay, ils se dirigèrent vers la banlieue : depuis Buda on entendait des coups de canon en lentes vagues grondantes, un obus passa en sifflant au-dessus de leurs têtes et atterrit loin d'eux, au milieu des collines. Le ciel était dégagé, le temps était doux, pas mal de monde dans les rues, il y avait déjà des passages à travers les barricades, les tas de gravats. Place Bakáts, Beregi acheta un journal, il y jeta un coup d'œil sans s'arrêter, il passa mécaniquement à la dernière page.

«Enfin ça bouge au Ferencvaros, nota-t-il. Je vois qu'ils rappellent les joueurs.»

Place Boráros, à la tête du pont Miklós-Horthy effondré dans l'eau, où commence l'avenue Soroksár, il s'arrêta.

«Ne viens pas plus loin, d'ici j'irai les chercher tout seul.»

Nelly le regarda misérablement. «On se sépare? Vraiment?

— Oui, ma Nelly, c'est comme ça, soupira-t-il. Notre temps est terminé. Tout sera, paraît-il, différent, il va falloir travailler... C'est la vie, voilà ce qui nous attend : rien que du travail, le combat journalier et les tracas...

— Mon pauvre chéri, mon petit lapin, que vas-tu devenir?»

Ils se tenaient côte à côte, tristes et abattus. De là on avait une bonne vue sur Buda : les combats y faisaient encore rage, la terre tremblait, il y avait des nuages de fumée en l'air. Là-haut, dans le ciel, des bombardiers décrivaient des cercles : par ce temps transparent, on arrivait à observer comment ils lâchaient leurs bombes en chapelets au-dessus du mont Gellért, et comment elles tombaient avec de fréquentes détonations; après avoir dessiné des cercles géants, les avions revenaient pour jeter de nouveau sur la terre d'autres de ces petits ballons rutilants. Il lança vers l'autre rive un regard de convoitise.

«N'y aurait-il pas tout de même un moyen pour traverser?»

Nelly secoua la tête : «Il n'y a pas de pont. Mais tu es tout de même mieux de ce côté-ci... Et que deviendraient les deux petits orphelins?»

Ils s'embrassèrent une dernière fois douloureusement, Nelly se nicha contre sa poitrine.

«Comment pourrai-je vivre sans toi, grand coquin?

— Ma Nelly, je ne serai plus jamais aussi heureux qu'avec toi.

— Mon chéri! donne-moi encore un baiser...»

Beregi lança le sac à dos sur ses épaules et entama le long parcours sans fin de l'avenue Soroksár, tête nue comme toujours. Pendant que Nelly le suivait longtemps du regard, ses yeux se remplirent de larmes d'affection : ce Joseph, ce Joseph, comme il est grand, comme il est noir.

Drôle de drame

Imposer son prénom, pour Ferenc Karinthy, relevait de la mission impossible. Il lui fallait tenir tête à «l'autre Karinthy», le premier, un écrivain littéralement adulé par les Hongrois, auteur de milliers de nouvelles, chroniques, saynètes, poèmes, pièces de théâtre et notamment d'un roman mémorable, *Voyage autour de mon crâne*[1], où il décrit avec une drôlerie sans pareille son opération d'une tumeur au cerveau. Ce rival adorable, c'est son propre père, Frigyes Karinthy (1887-1938).

À eux deux, le père et le fils forment une petite dynastie dans le monde des lettres hongroises. De Frigyes, Ferenc tient d'abord sa tendance irrépressible à faire des farces : Frigyes avait pour devise de «ne jamais plaisanter en humour», et il fut de ce point de vue, tant dans ses écrits que par son attitude quotidienne, d'un sérieux à toute épreuve. Cet humour, il en avait fait plus qu'un principe de vie, un paysage mental et le ressort subtil d'une écriture profondément originale, toujours à la lisière du réalisme et de l'absurde, du tragique et de la dérision. Mais au-delà de lui, c'est l'esprit d'une époque qu'il contribuait à incarner, une sorte

---

1. Éditions Viviane Hamy, 1990.

d'âge d'or mythique : l'insouciant début de siècle autour de la revue *Nyugat* («Occident»), fondée en 1908, carrefour littéraire et progressiste tourné vers l'Ouest et sa modernité dont Frigyes Karinthy fut, avec les écrivains Gyula Krúdy et surtout Dezsö Kosztolányi, son inséparable ami, l'un des piliers et joyeux drilles.

Né en 1921, Ferenc Karinthy a dix-sept ans quand meurt son père — d'une façon qui ressemble trop bien à une nouvelle qu'il avait écrite : en renouant son lacet. Ferenc sait déjà qu'il doit tout essayer pour échapper à cette ombre trop immense, donc à la littérature : il entreprend des études de linguistique, enseigne l'italien à l'université de Budapest, brille par sa culture générale aux concours télévisés, entame une carrière d'athlète, devient champion de water-polo et président d'honneur d'un grand club sportif, écrit quelques nouvelles sur le sport... et la littérature, malgré lui, le rattrape : nouvelles, romans, reportages, pièces de théâtre, il rédige aussi, après 1945, quelques récits documentaires sur la vie du peuple et la construction du socialisme. Son engagement communiste ne durera pas plus de quatre ans. Juif par sa mère, ayant souffert personnellement des lois anti-juives du régent Horthy[1], il renonce à ce militantisme passager auquel il avait cédé en hommage à la libération de la Hongrie par les Soviétiques. En 1956, la plupart de ses amis quittent le pays. Lui, non. «Ma vie, c'est ma langue», dira-t-il.

Traducteur de Cocteau, Molière ou Goldoni, Ferenc Karinthy est souvent amené à laisser patienter dans les tiroirs ses textes d'écrivain, jugés par certains trop critiques à l'égard du régime. Lorsqu'il publie *Épépé*[2] en 1970, un roman subtilement angois-

---

1. La Hongrie fut, sous le gouvernement de Mildós Horthy, le premier pays à promulguer, le 22 septembre 1920, un *numerus clausus* limitant le nombre des Juifs dans les professions intellectuelles au prorata de leur nombre dans la population. Il ne fut appliqué qu'en 1939, accompagné par des lois raciales (1938, 1939 et 1940) imposant notamment aux Juifs un service de travail à la place du service militaire.
2. Éditions Austral/In Fine, 1996.

sant où l'on peut lire, derrière l'histoire d'un linguiste opprimé dans un pays dont l'exclut la langue indéchiffrable, l'évocation d'un pays totalitaire, la Hongrie aborde ses années de « dictature modérée » : la censure s'amollit, et les autorités peuvent donner leur *imprimatur* à cette allégorie évidente en se persuadant qu'elle ne les concerne plus. Mais les lecteurs, eux, ont compris. Plusieurs dizaines de milliers d'exemplaires sont vendus et c'est à *Épépé* que Karinthy doit sa véritable célébrité.

Déserteur pendant la guerre, Karinthy a connu en 1944 cette atmosphère des abris à laquelle il donne, dans la longue nouvelle qui précède (publiée en Hongrie en 1972), une tournure étrangement fictive. S'il est toujours un observateur distant, cynique, ironique, plaisantin et mordant, il s'amuse ici d'une situation irréaliste : la vie de Joseph Beregi, jeune Juif hongrois, à Budapest, au mois de décembre 1944. C'est Noël, la Hongrie est occupée par les Allemands depuis le mois de mars, le mouvement fasciste des croix-fléchées vient d'être porté au pouvoir par un coup d'État, les Juifs sont envoyés vers les camps d'extermination. Parce qu'il est à la fois jeune, hongrois et juif, Joseph Beregi ne se trouve là que par un miracle dont Karinthy ne donne pas la clé. À l'époque où *L'Âge d'or* se déroule, les jeunes Hongrois ont été envoyés sur le front pour se battre contre les Soviétiques, en guerre avec la Hongrie depuis juin 1941 ; les jeunes Juifs, eux, jugés indésirables dans l'armée depuis les lois raciales de 1940, ont été astreints au STO en Ukraine, déportés dans les usines allemandes ou à Auschwitz.

Or Joseph Beregi est là, contre toute « logique », à peine masqué derrière de grosses moustaches, don juan au milieu des femmes de l'immeuble où il se cache. Budapest est alors encerclée par les Soviétiques, et ce siège, qui va durer six semaines, rend impossible la déportation des quelque deux cent mille Juifs survivants à Budapest — femmes, enfants, vieillards. Épisode faussement providentiel, car dans l'attente inquiète de la libération, les Juifs doivent encore échapper aux bombardements, à la famine et aux croix-fléchées qui les traquent dans la ville pour les fusiller au bord du Danube. Cela, Karinthy ne l'évoque que par sous-entendus, choisissant de fonder la résonance tragique de sa nouvelle sur le décalage même entre l'horreur du contexte et l'insouciance frivole de son héros. Miraculé et jouisseur, Joseph Beregi pousse en effet l'invraisemblance au point d'entraîner dans le plaisir la femme officier des croix-fléchées venue le chercher pour le conduire à la mort.

Divertissement bizarrement et délicieusement fantoche, mise en scène peu réaliste d'un jeune Juif choyé dans cette atmosphère de fin du monde, protégé et nourri par une prostituée, une bourgeoise, une adolescente délurée et même une militante des croix-fléchées, et qui ne retient des abris, à l'heure des rafles, des déportations et des exécutions, qu'une parenthèse heureuse et propice aux amours clandestines. Dérisoire et tragique « âge d'or » dont le héros insensé, rare survivant de son espèce, s'acquittera en opposant à la barbarie de l'Histoire une volonté de plaisir et en prenant soin des orphelins qu'on lui confie, signe fragile d'un peuple en passe de se reconstituer. Ferenc Karinthy, qui mourra le 29 février 1992, s'offre le luxe de ce joyeux et ironique clin d'œil. Histoire de rappeler que l'humour, au même titre que la tragédie, n'est pas un sujet de plaisanterie.

MARION VAN RENTERGHEM

Vie de Ferenc Karinthy

2 juin 1921 Naissance de Ferenc Karinthy à Budapest, fils de Frigyes Karinthy, écrivain célébrissime, humoriste, philosophe et poète, et de Aranka Böhm, son épouse, médecin psychiatre.

1927 Ferenc, surnommé Cini toute sa vie, a deux demi-frères, des premiers lits de sa mère et de son père. Fréquentes bagarres entre les trois garçons. Son père Frigyes s'écrie un jour : «Aranka, fais quelque chose, ton fils et mon fils battent notre fils.»

1938 Son père meurt subitement deux ans après son opération du cerveau, criblé de dettes. Le pays lui fait des funérailles quasi nationales. Ferenc passe le bac brillamment, il est reçu au collège Eötvös (équivalent de Normale Supérieure), mais ne peut pas y entrer pour raisons financières. Il devient employé au magasin de cordages du frère de sa mère — sujet d'une de ses nouvelles, *Mon oncle Tibor*. Sa mère est invitée à New York par une amie, elle y va pour y préparer la venue de Cini.

1939 Il s'inscrit en lettres à l'Université, qui est gratuite. Il y étudie le hongrois et l'italien.

1943 Sa mère revient le chercher. Il refuse de partir avec elle : il vient d'être sélectionné dans l'équipe nationale de water-polo, il est amoureux, il se passionne pour les jeux intellectuels dans la langue hongroise, il commence à être publié. Sa mère est capturée par les nazis, elle est assassinée à Auschwitz.

1945 Dès la réouverture des bureaux de l'état civil, Cini épouse Agnès Gyimesi, veuve de guerre et mère d'une petite fille, Judith.

1946 Il soutient sa thèse de doctorat (*Summa cum Laude*) à l'université de Budapest, sur «Les mots d'emprunt italiens dans la langue hongroise». On lui offre un poste d'assistant à la chaire d'italien. Dans le même temps, il écrit.

1947-1948 Il obtient une bourse pour passer une année universitaire à Paris. Il travaille aux halles comme portefaix.

1949 Deuxième bourse universitaire : il passe six mois à Rome. Naissance de son fils Marton.

1950-1952 Activité littéraire et politique, reportages, nouvelles, romans.

1953 Publication de *Printemps à Budapest*, dont Félix Máriássy fera un film superbe. Cini reçoit le prix Kossuth, la plus haute distinction artistique hongroise. Déçu par le régime, il participe aux activités du cercle Petöfi. Il salue le premier gouvernement Imre Nagy et ses réformes.

À partir de 1954, déçu par le durcissement du régime, il cesse toute activité politique. Il reste observateur de son temps.

1956 La révolution de 1956 sera le sujet de son roman (publié en français aux Éditions In Fine) *Automne à Budapest*.

À partir de 1957, il vit exclusivement de sa plume : pièces de théâtre, romans, nouvelles, traductions. Il a de nombreuses activités au Pen Club.

À partir de 1963, Ferenc Karinthy voyage de nombreuses fois en Europe de l'Ouest, en Scandinavie, aux États-Unis, au Canada, au Japon, en Israël et en URSS (recherche des racines des langues finno-ougriennes). Il approfondit son immense culture, il anime des jeux télévisés et radiophoniques littéraires et de culture générale.

1960-1970 Dramaturge, adaptateur pour le Théâtre national de Budapest, dirigé par Tamas Major.

1970-1985 Étroite collaboration avec Otto Adam, directeur du théâtre Madach, le meilleur théâtre de Budapest à cette époque : adaptations, modernisation de grands textes de la littérature universelle.

1980-1985 Conseiller littéraire des théâtres de Debrecen, puis de Szeged. Cette bonne connaissance de la vie et du travail des théâtres de province sera la source d'inspiration de son roman *Première Création*.

1987-1992 Sujet à des troubles circulatoires, dépressif, Ferenc cesse progressivement ses activités littéraires. Il meurt à Budapest le 29 février 1992.

Sa fille Judith vit à Paris depuis 1963, elle est interprète et traductrice littéraire.

Son fils Marton est metteur en scène de théâtre ; il a fondé et dirige depuis quinze ans le théâtre Karinthy de Budapest.

Repères bibliographiques

ROMANS

Don Juan éjszakája (Une nuit de Don Juan), 1943
Szellemidézés (Évocation), 1946
Kentaur (Le Centaure), 1947
Budapesti Tavasz (Printemps à Budapest), 1953
Hátország (L'Arrière), 1963
Epepe (Épépé), 1970
Ösbemutató (Première Création), 1972
Aranyidő (L'Âge d'or), 1972
Hosszú Weekend (Long Week-end), 1974
Marich Géza Utólsó Kalandja (La Dernière Aventure de Géza Marich), 1978
Alvilági napló (Journal des enfers), 1979
Budapesti ösz (Automne à Budapest), 1982
Oncle Joe (Oncle Joe), 1987
Skizofrénia (Schizophrénie), 1988
Italia mia, 1989

RECUEILS DE NOUVELLES

Irodalmi Történetek (Histoires littéraires), 1955
Ferencvárosi szív (Le Cœur de Ferencvaros, histoires de la vie sportive), 1960
Hátország (L'Arrière), 1963
Víz Fölött, Víz Alatt (Sur l'eau, sous l'eau), 1966
Kék-zöld Florida (Floride vert-bleu), 1970
Végtelen Szönyeg (Le Tapis sans fin), 1974
Harminchárom (Trente-trois), 1978
Mélyvízi hal (Poisson de haute mer), 1985

PIÈCES DE THÉÂTRE

Ezer év (Mille Ans), 1956
Szellemidézés (Évocation), 1957
Gellérthegyi Álmok (Rêves sur le mont Gellért), 1970
Hosszù Weekend (Long week-end), 1974
Hetvenes Évek (Les Années soixante-dix), 1977
Hàzszentelö (La Pendaison de crémaillère), 1978

PIÈCES EN UN ACTE

Bösendorfer, 1966
Dunakanyar (Le Coude du Danube), 1966
Víz (Eau), 1967
Göz (Vapeur), 1967
Pesten És Budán (À Pest et à Buda), 1969
Magnóliakert (Le Jardin de magnolias), 1984

PIÈCES RADIOPHONIQUES

Hangok Az Ürben (Voix dans l'espace), 1972
Man Overboard, 1979
Visszajátszás (Retours en arrière), 1980

ŒUVRES TRADUITES EN FRANÇAIS

Automne à Budapest, In Fine / V & O, 1992
Épépé, Denoël, 2005

Composition Interligne
Achevé d'imprimer
par l'Imprimerie Floch
à Mayenne, le 11 mai 2005.
Dépôt légal : mai 2005.
Numéro d'imprimeur : 63052.

ISBN : 2-207-25527-1 / Imprimé en France.

124679